宮西真冬

毎日世界が生きづらい

講談社

もくじ

序章

妻の書斎でそれを見つけたのは、ゴミの回収をしているときだった。

燃えるゴミの日に、ふと、今まで自分はキッチンとリビング、浴室のゴミしか回収していなかったと気づいた。彼女は最近、書斎にゴミ箱を設置していたけれど、自分で捨てているとは思えない。なんといっても、美景《みかげ》は不精だ。些細《ささい》なことを面倒だと感じるらしい。

見に行くと、やっぱり、百円ショップで買った小さなゴミ箱に、紙ゴミが溢《あふ》れている。それを見て、正解、と雄大《ゆうだい》は呟《つぶや》いた。彼女が〈なぜ〉できないかは分からないけれど、〈なに〉が不得意なのかは分かってきた。

雄大も美景も、些細なことを気にする。が、気にするところは全く違った。どうしてそれを放っておけるのか、と雄大が苛立《いらだ》つことも多い。

「まあ、最近、忙しかったからな」

雄大は呟き、ゴミ箱に手を伸ばした。緊急事態宣言が出ている間、ずっと家に居たけれど、妻は書斎に籠《こも》り、仕事をしていた。

丸めた紙を広げたのは、違和感を抱いたからだった。他のメモとは違い、十数枚が束《たば》でネジって捨てられていた。

なにをこんなに捨てたんだ、となんの気なしに広げ、——心臓が跳ねた。

〈戸建てを売るときのコツ〉

妻は一体、なにを考えているのだろう、と一瞬、手がとまった。

なにかの間違いだろうと、下の紙を見る。また違うサイトを印刷してあったが、それも同じく、家を高く売る方法をまとめた文章だった。

新築の建売物件を購入して、まだ二年ほどだ。貯金の多くを頭金に払い、ローンもまだまだ残っている。

そうか、仕事の資料なんじゃないか、と思い直す。でも胸騒ぎは収まらなかった。

美景の書斎に入るのは、久しぶりだった。

ふと、壁一面に設置されてある本棚に視線を移す。スライド式になっていて、奥にも本が入る大容量のそれは、結婚祝いに両親に買って貰《もら》ったと嬉《うれ》しそうに話していた。まさかあの狭いアパートにこれを購入するか、と苛立ちもしたけれど、今のこの家なら、しっくりきている。

が、四列あるその棚は、以前はぎっちりと本が詰まっていたのに、かなり余白があった。まさか、と思い、恐る恐る前面の棚をスライドさせる。——奥にあったはずの本は、すべてなくなっていて、がらんどうだった。

「……なんで」

先日、二人で本を売りに行った。少し整理したいから、と言っていたけれど、雄大の物も合わせて、大きな紙袋二つ分にしかならなかった。彼女はいつから、荷物の整理を始めたのだろう。

――なんのために？

美景と結婚して、十年目に入って、数ヵ月しか経《た》っていない。

先日、大学時代の先輩たちとリモート飲みをしたけれど、その中の二人が、知らない間に離婚していた。自分の浮気が原因だと言う者もいれば、すれ違い、価値観の不一致、と抽象的なことを言う人もいた。

だけど、自分はそうはならないと確信していた。

雄大は、ずっと家に帰りたい、と思っている。

会社にいるときも、帰宅途中に走っているときも、なんだったら、朝、家を出る瞬間も、日曜日にソファの上でバラエティ番組を観《み》ているときも。

――ずっと、家に帰りたい。

「ゆうちゃーん？　どこにいるー？」

下の階から美景に呼ばれる。今日、彼女は珍しく、庭の草むしりをすると言っていた。これも家を売る準備なのだろうか。

「今行くから！　待ってて！」

雄大はさっと紙を畳んで、ズボンの尻《しり》ポケットに突っ込んだ。

ゴミ袋を持って、下に降りる。

階段が、ぐらりと揺れた気がした。

この春、三十七歳になった。自分はこの歳《とし》で、帰る場所を失うのだろうか。

第一章

結婚式当日、中四国《ちゅうしこく》には珍しく、テレビでは大雪の恐れをアナウンサーが訴えていた。大阪市内では、二〇〇八年以来の積雪らしかった。

——着いたよー！　いつもの所にいるよー！

雄大からメールを受け取り、美景は安堵《あんど》した。

「じゃあ、先に行くね」

両親にそう告げる。

母は、「事故にあわないように気をつけてって言ってね」と言い、父は「またあとでな」と手を上げた。結婚式の朝とは思えない、あっさりした挨拶《あいさつ》だった。

玄関の扉を開けると、冷気が頬《ほお》を刺す。雪が積もり始めている。——どうして今日に限って。

普段なら喜ぶところだけれど、県外から列席者が来る日となれば、懸念事項にしかならなかった。——ましてや、新郎も、大阪から車でこちらに来るとなれば。

アパートの階段を降りたところで、雄大の車が視界に入る。彼も美景を見つけたようで、小さく手を振った。

「大丈夫だった？　こっちに来るとき、雪、積もってなかった？」

助手席に乗り込み、訊《たず》ねると、

「高速は積もってなかった。こっちに来てから降り出したから。危なかったな」

と言った。

「ちゃんと持ってきた？」

雄大に訊《き》かれ、美景はカバンの中からファイルを取り出して見せる。中には記入済みの婚姻届と、事前に取り寄せた戸籍謄本が入っている。

「……うん、大丈夫。ちゃんとあるよ」

「よし、じゃあ行きますか！　まず、市役所ね」

雄大は伸びをしながら言うと、ハンドルを握った。

運転する彼の横顔を盗み見る。睡眠不足なのか、少し目が腫《は》れぼったい。

「……眠れなかった？」

美景が訊ねると、うーん、あんまり覚えてないな、と言った。

「最近、仕事が忙しくて。結婚式の準備もあったから、なんか、あんまり覚えてないなあ」

あくびを噛《か》み殺《ころ》す彼に、お疲れ様、と言う。

結婚式の日取りを三連休の真ん中にしたのは、列席者に県外の人が多いこと、そして、前日に雄大がこちらに来て、余裕を持って式場に行けると思ったからだった。が、実際は仕事になり、当日の朝に移動することになった。高速を使って二時間半。そこへ、大雪の予報。

モーニングコールで雄大を起こしたとき、いつもとは違って、随分はっきりとした声だった。きっと、あまり眠れないまま、朝になったのだろうと予想できた。

――どうか、無事に今日が終わりますように。

「とにかく、早く、今日が終わって欲しいな」

美景が思ったのと同時に、雄大が呟く。

「無事に終わって欲しいね」

同じ言葉を繰り返し、美景は黙った。

今日を迎えるまでに、いろいろあった。その原因の一つは、美景側の親戚《しんせき》の不仲だった。

結婚が決まって、雄大と式の話をしたとき、お金が有り余っている訳ではないので、身内だけで小さく披露宴をしようと話した。婚約指輪もつける機会がないからいらないし、新婚旅行も、生活が落ち着いてから考えよう。とにかく、夫婦になり、一緒に生活することが最優先だった。

父方の親戚と、付き合いがあまりないことは、美景も分かっていた。だが、いとこの結婚式に父が出席したこともあり、自分たちの場合も、問題はないと思っていた。その考えが甘かった、と美景は思う。

――なんで親戚を呼ばなきゃいけないの？

美景が両家の両親と親戚を呼んで、披露宴をするつもりだと伝えると、母はそう言って眉間《みけん》に皺《しわ》を寄せた。

なんでって、と美景が呟くと、

——嫌だ。お義母《かあ》さんやお義姉《ねえ》さんに会いたくない。

と、主張した。

美景も別段、祖母や伯母に会いたい訳ではなかった。とはいえ、いとこのときには父が呼ばれたし、今度はこちらが呼ぶのが常識だと思っていた。そのとき、わざわざ伯父だけを名指しで招待するというのも角が立つ話だろう。

——でも、そのときだって、私は呼ばれてないもの。なんで呼ばなきゃいけないの？

母に訊かれると、なぜだろう、と思う。確かに、いとこの披露宴には父しか招待されなかった。

会いたくない、と主張する母の気持ちは、痛いほど分かるのだった。親戚には、——特に父方の祖母には、散々、迷惑をかけられた。

美景が小学生から中学生くらいの間、祖母から金を貸してくれと頼むだけの電話が続いていた。最初にかかってきたのがいつだったのか、もう覚えていない。が、その度に、両親はケンカになっていた。

祖母が経営していた酒屋は、赤字続きだったらしい。それでも、祖母は詳細を話すことなく、「絶対に返すから」の一点張りだったそうだ。

何度かまとまったお金を振り込んだけれど、返済どころか、振り込みを確認して、ありがとう、の一言の電話すらかかってきたことはない。かかってくるのは、お金を借りたいときだけ。

こんなにお金を貸してくれなんて言ってくるのはおかしい、と母は父に訴えていた。お願いだから、祖母と同居している伯父夫婦に話を訊いてみてくれ、と。が、父は母の言うことを聞かなかった。――祖母が、伯父に話したら死ぬ、と脅していたからだ。

祖母は電話の度に、死ぬしかない、と言った。

――お金を貸してくれなかったら死ぬしかない。

――お兄ちゃんに話したら死ぬしかない。

――嫁に話したら死ぬしかない。

母も父も、そんなことを言わないで、なにが起こっているのか話してください、と、電話がかかってくる度に、何時間も言い聞かせていた。が、最後には根負けして、金を振り込むのだった。我が親ながら、人が良過ぎると思う。

結局、一千万円近く振り込んだ頃、母が痺《しび》れを切らして、伯父に電話をかけた。伯父は、なにも知らなかったそうだ。それどころか、自分が晩酌《ばんしゃく》で飲む酒を、店から拝借していたらしい。

伯父が祖母を問いただすと、酒類販売免許の規制緩和が進み、コンビニなどでもアルコールが販売されてからというもの、ずっと自転車操業だったと告白したそうだ。街金にも手を出し、どうにもならない状態だった。返すあてもないのに借金を重ね、その場をしのぎ、言い出すタイミングを失ったのだろう。

結局、祖母は自己破産し、それに必要だったお金を、息子二人が半分ずつ出した。それでケりがついたはずだった。

　だけど、伯母は母に言ったのだ。

　——もっと早く言ってくれたら、こんなことにならなかったのに。責任の半分は、あなたたちにあるんですからね。半分はお義母さんのせいですけど。

　一緒に住んでいたにも拘《かか》わらず、経営不振に気づかず、家賃すら祖母に支払っていなかった伯父夫婦を、母は嫌悪した。貸した金は一円も戻ってきていないし、定期預金を崩す訳にもいかず、お年玉を貯《た》めていた美景の貯金から祖母に送金したことすらある。——そのすべてを、母は伯母には話せなかった。呆気《あっけ》にとられ、言葉にするタイミングを逃した。

　それ以来、印刷しただけで、なんのコメントもない年賀状のやり取りをするだけの関係になった。海外に旅行に行った写真が度々年賀状に使われているのを見て、こっちはパスポートも持っていない、と母は言った。だが、縁が完全に切れた訳ではない。

　だから、身内だけで披露宴をしようと雄大と話したとき、美景の中では終わったことになっていたのだと思う。普段、話をしなくても、こういうお祝い事のときくらいは、顔を合わせる関係になっているはずだ、と。

　が、母の中では終わっていなかった。

　——最近は、親戚も呼ばずに、旅行先で式をする人もいるんでしょう？　あなたたちもそうしたらいいじゃない。

　母がそう提案したとき、雄大はすでに、両親に身内だけの披露宴をするつもりだと話し、親戚にも話をしてしまっていた。今更、やっぱり自分たちだけでやります、とは言い出せなかった。なにより、祖母の醜態を、話す訳にはいかなかった。

親戚を呼ぶなら出席したくない、と母は言ったが、父に説得され、なんとか式に出ると承諾した。それでも事あるごとに母は美景に苛立ちをぶつけた。

引っ越しの準備のために服をまとめていると「あんたは、そんなに早くこの家を出て行きたいの？」と、服を投げつけた。

三日前、友人が施術してくれたブライダルネイルを見たときも「あと少しで家を出て行くのに、なんの家事も手伝わないつもり？」と怒った。

美景は爪《つめ》を見つめ、小さく溜息《ためいき》を吐《つ》いた。こんな風にネイルをしたのは初めてだ。ベージュがベースのフレンチネイル。薬指にだけ、パールを貼《は》ってくれた。

あんまり派手じゃないほうがいい、と色を選んだ美景に、友人は「こんなに地味でいいの？自分が主役の日なんだよ？」と驚いていた。それでも、出来上がりを見て、上品で美景に似合ってる、と後押ししてくれた。

――連日の揉《も》め事《ごと》で落ち込んだ気持ちが、少し浮上していたのに。

こうなると、もうなんのために式や披露宴をするのか分からなくなっていた。母との雰囲気が悪くなるにつれて、父は無口になっていくし、こんなことなら最初から、結婚式をしようなんて言わなければよかった。だけど、もしそう言えば、母は言うに決まっている。

――一人娘なのに、式くらい挙げなさい。小さくていいんだから。

二度目の溜息を吐いたとき、雄大が、大丈夫、大丈夫、と言った。

「泣いても笑っても、今日で終わりだから。婚姻届を出してしまえば、こっちのものでしょ」

「こっちのものって」

彼の言葉に、思わず笑う。

「そうよー、こっちのもーのーよー」

雄大はディズニープリンセスのごとく、適当なメロディーに乗せてセリフを歌った。そんなプリンセスは、いつもは口の上とモミアゲに繋《つな》がる髭《ひげ》を生《は》やしているけれど、今日は新郎だからと、キレイに剃《そ》っている。

「髭、今日剃ったの？」

「ううん、昨日の夜、剃ったのよー。だって、寝坊したら困るもーのー」

歌うプリンセスは、頬に小さく傷を作っている。普段、髭を剃らないのはオシャレがしたい訳ではなく、肌が弱くてカミソリ負けが怖いからだった。

容姿は柔道の井上康生《いのうえこうせい》と歌手の平井堅《ひらいけん》を混ぜたような感じで、真顔でいると怖くも見えるけれど、そんな彼の肌が赤ちゃんのように弱いのは、なかなかおもしろい。

適当に歌う雄大の横顔を眺《なが》め、好きだなあ、と思う。

子供が生まれたら、こんな風に歌い、それを眺めて笑うのだろうと想像できた。お風呂《ふろ》に浸《つ》かりながら歌う二人に、「近所迷惑になるからやめなさい」と怒りつつ、美景も結局は巻き込まれて歌うのだ。

書類が入ったカバンを握りしめる。

もう婚姻届にお互いの父親のサインと捺印《なついん》は済ませてある。雄大の言う通り、届けてしまえば、今更、反対されようと、後戻りはできない。

市役所の駐車場に車を停《と》めると、事前に調べた通り、宿直室へと走った。休日だから、ここで提出することになる。

中に入ると、目尻《めじり》が下がったおじさんが、「寒かったでしょ。雪、降ってた？」と訊いてきた。

「少し。でも、まだこれからどんどん降りそうです。……これ、お願いします」

美景が住基カードを見せ、婚姻届と戸籍謄本を渡すと、

「はい、確かにお預かりしました。受理は市役所が開いているときに審査してからになるから、もし不備があったらご連絡します。おめでとう。お幸せにね」

雄大は、ありがとうございます、と言い、美景の手を取った。

宿直室を出ると、雪が更に強くなっていた。寒いなー、と言いつつ、車まで急ぐ。不備はなかっただろうか、と小さな不安を抱えたまま、後に続いた。

——なにも、起こりませんように。

そう祈りつつ、自分は一体、なにが起こるのを恐れているのだろうと考える。

例えば、祖母や伯父が、嫌味を含んだ言葉を母に投げかける。それに対して、母がなにか言い返す。父がそれを咎《とが》め、母は「あなたはどっちの味方なの」と声を荒らげる。お祝いの席に

相応《ふさわ》しくない声に、雄大の両親や親戚は、結婚を反対し始める――。

想像しただけで、ぞっとした。

普段、人前では穏《おだ》やかで温厚そうな母は、一度スイッチが入ったら、頭に浮かんだ言葉をすべて外へ出し、相手を追い詰めないと、終わらない。終われない。そのスイッチを、どうか誰も押さないで、と美景は願うしかなかった。

＊

――この人たちは、一体、誰だろう。

雄大が差し出したマイクに向かい、花嫁の手紙を読みながら、美景は随分、冷め切った頭で、こちらを見ている両親や親戚を、視界の隅《すみ》に感じた。

披露宴が始まってからずっと、笑いが絶えない彼ら。祖母は雄大の両親や親戚にお酌《しゃく》をして回り、うちの可愛《かわい》い孫なんです、と話して回っていた。子供の頃から、顔を合わせたのは数回だ。母方の祖母が誕生日や進級の度に電話をくれていたのとは違い、金をせびる以外は、一度だって、連絡を寄こしたことはない。

母は、娘なんて育てても結局嫁に行くんだから、いいことなんてなに一つない、と文句ばかりだったのに、今は、大粒の涙を流し、鼻の頭を赤くしている。

あまり顔を合わせたことのない親戚も、場の空気に流されたのか、それとも美景の文章力に圧倒されたのか、目を潤《うる》ませ、ハンカチで目元を押さえている。

周りが感情を出すにつれて、美景の気持ちは、ますます冷えていった。

今日、こうやって楽しく、仲良く過ごせるなら、どうして準備の期間にあれほど、揉め事を起こしたの？　そう問いただしたい気持ちを堪《こら》える。

——これが終われば、雄大と暮らせる。これから、ずっと。

そう思えば、この一瞬を演じ切るくらい、容易《たやす》かった。


披露宴会場から退場すると、用意していたギフトを手渡し、親戚を見送った。

——友人や会社の人がいない披露宴は初めてだったわ。

——親戚だけでやるのも楽しいわね。

——料理も美味《おい》しかったし、ボリュームもあったしねえ。

楽しそうにお喋《しゃべ》りをしながら通り過ぎていく彼らは、満足気だった。笑顔を崩さないように、美景は注意深く、気をつける。

と、父方の祖母が、母方の祖母の手を取り、なにか声をかけるのが視界に入った。

「嫁が冷たくて、本当に家に居づらいの。次男と一緒に暮らせたらいいんだけど。あの子は優しいから。あなたからも言ってくれない？」

それを聞いた途端、美景の笑顔が崩れかけた。

——もうこれ以上、振り回さないで。静かにしていて。

列席者全員を見送ると、プランナーと司会をしてくれた女性が、お疲れ様でした、と声をかけてくれた。

「とてもご陽気なご親族様でしたね。恥ずかしがりやが多いからサプライズで言葉を貰ったり、マイクを向けたりしないで欲しいって言われてたから、驚きましたよ」

司会者に言われ、すいません、と美景は謝った。

「いえいえ、盛り上がってよかったです。よい、披露宴でした」

「本当に、よかったです！　特に花嫁の手紙、感動しました！」

プランナーの女性も目を赤くしてこちらを見つめる。美景より三歳ほど若い子だった。披露宴をするのに、やりたいことを言わず、かなり困らせたと思う。

――あまり派手なことはしたくない。

――時間が持つか心配。

――とにかく食事だけは、一番高いランクのものを。

一連の騒動で、披露宴を楽しみにしている列席者はいないと思っていた美景と雄大は、では、なにをすればいいのかと、迷走していた。とにかく美味しいものを食べて、お酒を飲んで帰って貰おうと、それだけしか考えられずにいた。

「プロフィールムービーもよかったですね！　お二人がどうやって出逢《であ》われて、今まで過ごしてきたのか、一緒に体験できた感じがしました！　旦那《だんな》さんが作られたんですよね？」

あ、はい、と雄大は頷《うなず》いた。

「大学で映画を撮られていただけあって、盛り上がりがあって、見入ってしまいました。お二人が映画を撮られているところも見られて、嬉しかったです。お二人の歴史を感じられて」

ありがとうございます、と頭を下げる雄大の横で、かなり無理をさせたことを思い出す。

特に余興や演出はしないつもりだった。両親にサプライズをしても喜ばれるとは思わなかったし、逆に怒るところのほうが容易に想像できた。

でも、仲がよくない親戚同士、顔を合わせて食事をしているだけでは、本当に間が持たないかもしれないと心配になり、せめてプロフィールムービーくらいは流したほうがいいんじゃないかと、美景は雄大に相談した。彼の仕事が、かなり忙しいときだった。

——俺が作るの？　今から？

美景の突然の提案に、二人の雰囲気も険悪になった。そもそも、遠距離恋愛だったため、相談するのもケンカをするのも、電話かメールしかない。相手の表情が見えないのは、かなりしんどかった。

——私が作ってもいいけど、どうなるか……。

学生時代、映画を撮っていたと言いつつ、美景は主にシナリオしか書いてこなかった。編集ソフトも自前のパソコンには入っていない。が、やろうと思えば、やれないことはない。

それを伝えると、

——いや、そもそも素材は？　子供の頃の写真とかいるでしょ？　実家にアルバムがあるかどうかすら、分からないけど。作ってる時間より、そっちのほうが問題。それでも作る？

少し考え、やっぱりいらないかな、と言おうとした瞬間、

——分かった。俺が作る。あなたが慣れないソフト触るよりは、俺がやったほうが早い。だけど、曲と構成はそっちで考えて。こういうのがいいっていう参考の動画もメールで送って。ユーチューブとかにあるでしょ。

——分かった。……ごめん、ありがとう。

美景が謝ると、雄大は溜息を吐いた。

——結婚するためにやらなきゃいけないことなら、しょうがないでしょ。

「雄大さん、ありがとう。あの映像、とてもよかったわー」

母の声がして、はっ、と我に返った。もう涙の痕《あと》は消えていて、ここ最近で一番の笑みを浮かべている。

「美景の子供の頃の写真も懐《なつ》かしかったわー。私も、お父さんも、お祖母《ばあ》ちゃんも出てきて。ねえ？」

母に問われ、曖昧《あいまい》に笑う。——写真を選んだのは、美景だった。せっかくムービーを作るなら、自分たちだけじゃなく、家族や親戚が写ったものも使いたかった。久しぶりに会った親戚と、話題にするきっかけになれば、と思った。

「準備、大変だったでしょう？　仕事も忙しいのに」

母に言われ、雄大は、いえいえ、全然ですよ、と頭を深々と下げた。

「うちの子、本当にしっかりしてないけど、よろしくね」

――それはこっちのセリフだ。

美景は黙って、それを聞き流した。

＊

――せめて二次会くらいはやろうよ。俺が仕切るから。

結婚することになったと報告したとき、そう提案してくれたのは、大学の二個上の先輩、坂《さか》本卓也《もとたくや》だった。

身内だけで披露宴をするつもりだと伝えたら、二人が結婚したのを祝いたい人はたくさんいるはずだ、と諭《さと》された。

――だって、お前らが付き合い始めた頃から知ってんのよ？　そりゃあ祝いたいでしょ。

正直、〈ブライダル〉とか〈ウエディング〉という文字を見るだけで、鳥肌が立つくらい、気が滅《め》入《い》っていた。そこへ、これ以上やることを増やしたくないという気持ちもあった。

――でも。

二次会の会場であるレストランに入った瞬間、頼んでよかった、と思った。割れんばかりの祝福の声と拍手。懐かしい顔が視界に入り、思わず目が潤んだ。この日、初めて、素直に、祝福されていると思った。

「はい！　今、紹介した通り、大学卒業後、遠距離恋愛を続けて四年！　愛を育《はぐく》んできた織姫《おりひめ》と彦星《ひこぼし》の入場です！」

司会をしてくれている坂本は、美景と雄大をウエディングケーキの前に連れて行き、模造刀を差し出した。

「新郎新婦の初めての共同作業です！」

「え？　これで切るの？」

雄大が驚き訊ねると、

「いやなら俺が切ろうか？　なんなら俺が結婚しようか？」

と坂本が雄大を揶揄《からか》った。

「いやいや、俺が！　切らせてください！」

雄大もまた、笑っていた。

手を差し出した雄大を見て、友人たちは、どっ、と笑った。

さっきまでと違い、この場を本当に楽しんでいるように見えた。それに、披露宴で着ていたタキシードより、今着ている紋付き袴《はかま》のほうが、似合っている。

――なにかサプライズとかしたいことないの？　雄大に。

坂本に訊かれたとき、美景は、言うかどうか悩んだ。やりたいことはあるが、それを雄大が喜ぶか分からなかったからだ。

雄大は、サプライズやドッキリといった類のことが嫌いだった。それが良《い》いことであっても、隠し事を極端に嫌う。

それでも結局、雄大に和装をさせたい、と打ち明けた。

式と披露宴では、ウエディングドレスとタキシードを着ると決めていた。お色直しはやらなかった。雄大は「結婚式は新婦がやりたいことをするべきだ」と思っていて、自分を主張することはなかった。それでも、

――俺は多分、和装のほうが似合うんだろうなー。

衣装合わせでタキシードを選んでいるときに、ポツリと零《こぼ》したのを、美景は忘れられずにいた。

――和装か。結構、値段するかもな。いくらくらいまで出せる？

坂本に訊かれ、目安を答えると、

――それだけ出せれば、なんとかなると思うわ。美景の髪は、洋髪でも大丈夫？　日本髪はさすがに無理かもしれんわ。

――なんでも大丈夫。私は私服でも。

美景が答えると、

――いや、新婦に普段の格好させる訳にはいかんから。大丈夫。俺の知り合いに着付けやってる人いるから、頼んでみるわ。

よかった、とケーキを雄大に食べさせながら、思う。雄大が笑っている。

もっと大きくカットして食べさせて！　という野次が飛び、美景は、スプーンでケーキを大きくすくい、ニヤリと笑って見せた。

「え！　大きい、大きい！」

雄大は顔をくしゃくしゃにして、笑う。

いけるいける！　もっと大きくてもいい！　という野次を受けながら、雄大は口を開け、ケーキの下に回りこんだ。そこに美景は、ケーキを押し込む。

――顔中にクリームをつけて食べ切った彼は、みんなに愛されている。

大学時代の先輩や後輩、映画を撮ったときに役者をしてくれたおじいさん、そして、二回生まで面倒をみてくれた教授。懐かしい面々が、県内外から駆けつけてくれて、美景は雄大の人望を、改めて感じた。

事情があって来られなかった人からの映像を集めて、メッセージムービーを流してくれたときは、雄大がどれだけの人と関《かか》わってきたのか、更に知ることになった。

嬉しい、と思う半面、チクリと胸が痛む。なんだろう、と考えつつ、恩師と話す雄大を眺める。その姿は、祖父と孫のように見えた。

「おー、おめでとう！　めでたいねー！」

シャンパングラスを持って、美景に声を掛けてきたのは、一つ上の先輩、高橋《たかはし》一登《かずと》だった。

少し酔っているのか、顔が赤い。

「ありがとう」

グラスを交《か》わすと、一登はグラスの中身を一気に飲み干した。

「二人は付き合って、どれくらい経つんだっけ？」

訊ねられ、美景は少し考え、

「……六年くらい？」

と答えた。紙を使わず、頭の中だけで計算するのがあまり得意ではない。付き合い始めた年や日付、その日のことは、ありありと思い出せるけれど、数字は苦手だ。

「いやいや、自分のことくらいちゃんと覚えておこうやー」

そうツッコまれ、美景は苦笑いする。高橋はかなり、酔っている。が、ご機嫌な様子なので、まあよかった、と、ヘラっと笑う。

高橋は近くにあったイスを引き寄せ、腰を据えると、

「で、結婚したらどうすんの？　仕事は？」

と訊ねた。

「……ああ」

美景はそう言い、一瞬、黙った。――なんて答えたらいいだろう。

大学を卒業してから働いていたバイト先は、一ヵ月前に辞めた。結婚して引っ越すためだ。

その先のことは、考えていなかった。とにかく、無事、今日を終えて、雄大と暮らし始めることしか。

「まだ、なにも」

美景が答えると、高橋は一瞬、動きを止め、

「……ふーん」

と真顔になり、美景を一瞥《いちべつ》した。

「そもそも、なんで、書店でバイトだったわけ？　就活とかしなかったの？　っていうか、シナリオライターになりたいとか言ってなかった？」

「……え」

美景が言葉に詰まると、

「まあ、いいんじゃない？」

高橋は、イスから立ち上がって言った。

「雄大がいいところに勤めてるんだから。よかったね」

返事を聞く前に、彼は久しぶりに会う友人の中に戻っていった。美景は、高橋が置いていったイスを、ぼんやり眺めた。

＊

——雄大がいいところに勤めてるんだから。よかったね。

そんな言い方では、美景が雄大に養って貰いたがっているみたいじゃないか、と、ひっかかった。が、実際、大手のゲーム会社に就職した雄大と、書店でアルバイトだった美景の給料は、比べ物にならない。だけど、自分の稼ぎが少ない分、無駄遣いをしないようにしてきたつもりだった。

旅行に行く。ブランド物の服を買う。習い事をする。ライブに行く……。周囲が当たり前のように消費していく中で、そんな娯楽は一切しなかった。稼げない分、今、貯金をしておかなければと思っていた。

唯一の楽しみは、月に一度、大阪に就職した雄大のところへ行くための新幹線代と、書籍代くらいだ。最初は高速バスで行っていたけれど、滞在時間が短くなるから、途中で新幹線に替えた。美景の両親は、結婚もしていないのに泊まるなんて許さないと言っていたので、いつも日帰りだったから。

だけど、そのおかげで、結婚式の費用も貯められたし、それ以外にも貯金はできている。

——なにも、恥じることはない。雄大と暮らすようになったって、また同じように働けばいいんだから。

こうやって、自分の中で反芻《はんすう》しなければいけないのは、やっぱり、自分の中で負い目があるからかもしれない。

雄大は卒業後、恩師の紹介で、映画の第三助監督として働くために上京が決まっていた。半年留年し、その話は立ち消えたけれど、美景はどうしても雄大と離れるのは嫌で、雄大もまた、絶対に連れて行くからと、お互いの両親に話をしてくれた。

が、雄大の父親に「社会人になって三年経ってから物を言え」と諭され、岡山と大阪で遠距離恋愛になり、晴れて三年経って結婚の準備を始め、今日を迎えることができたのだが。

――お前は俺以外にも、大切なものがあったはずだろう。

　雄大の引っ越しを見送ったとき、寂《さび》しいと泣く美景に彼は言った。

――俺は自分の力がどれくらい通用するか、試してみたい。お前も三年がんばれ。俺もがんばるから。お前は小説を書くんだろう？

　学生の頃は、シナリオライターになりたいと言っていた。が、実際、集団で制作してみて感じたのは、ずっとこれを続けていくのは無理だということだった。

　たくさんの人の中にいると、どうしてもその人たちが考えていることを推測してしまう。不機嫌な人がいると、それをどうにかしなければいけないと思って、疲れ切った。

　それに、よくも悪くも、映画制作は大勢のスタッフで行う分、いろんなアイデアが出る。その分、美景の意見は薄まっていき、消化できない思いが残ることも多かった。が、映画は監督のものだと思っている。美景の個性なんて、必要ないのかもしれない。

　だけど、それなら、すべて自分で作り上げられることをしてみたかった。物語を作るという点ではシナリオとの共通点も多いではないか、と小説を書き始めた。映画制作と違って、一人でできて、なにより、お金がかからない。

でも、応募作は一次も通らない日々が続いている。

――大丈夫。私にだって、ちゃんとできる。

自分に言い聞かせつつ、それでも頭をよぎるのは、母のことだった。

祖母から借金の電話が掛かってきていた頃、母はいつも情緒不安定だった。父にはいつもケンカ口調だったし、すべての愚痴《ぐち》を子供だった美景に話してきかせた。

――あなたがいなければ、離婚できたけど。そうはいかないからね。

そう言われる度に、自分がいなければよかったと思った。

――お金があれば離婚してるって、みんな言ってるわ。女は損よね。これからは、女も手に職をつけないと。あなたも何か、身につけなさい。

それが母の口癖《くちぐせ》で、それを疑うこともなかった。

初めて、矛盾と憤りを感じたのは、小学五年生の頃だ。

同じクラスになった子のお母さんが、スーパーでレジの仕事をしていると知った。それまで〈お母さん〉という存在は、ずっと家で家事をしているのだと思っていた。が、周囲を見渡せば、母と同年代の女性が働いていると、はっ、と気づいた。

美景は母に、スーパーに置いてあった求人広告のチラシを持って帰り、「お母さんも働いたら離婚できるかもしれないよ」と伝えた。いい考えだと思った。

が、それを聞いた母は、激昂《げきこう》した。

——あんた、これ以上お母さんに、苦労をかけたいの？

想像していなかった母の言葉に、美景は返事ができず、固まるしかなかった。

——あんたがもっと、ちゃんとした、しっかりした子なら働けるわよ。働きたいわよ。だけど、あんたがダメだから、お母さんが家にいて、世話をしているんでしょう？　あんたが他の子みたいにしっかりしてたら、お母さんはこんなに苦労してないの。お母さんに働けって言うなら、あんたが自分のこと、全部しなさいよ。ご飯を作って、洗濯をして、掃除をして、持ち物を忘れないようにチェックして。それ、全部できるのよね？

どうして急に、そんな話になったのか、分からなかった。

母が、女は手に職がないと仕事ができないと言っていたけれど、そうじゃないと知り、提案したつもりだった。が、今、母は、働けない理由は美景で、他の子より劣《おと》っているからだと言う。

——どうなの？　できるの？　できないの？　どっちかで答えなさい！

二択での結論をせまられ、何かが違うと思いながら、できない、と美景は答えた。

――じゃあ、お母さんは働けないわよね？　そんな無理なこと言ってごめんなさいって謝りなさい。

泣きながら、それでも何かがおかしいと思いながら謝った。言い訳は、許されなかった。

あの頃、母が聞いてくれなかった美景の言葉が、まだお腹《なか》の底で、ごろりと転がっている。

――お母さんを傷つけたのなら、謝る。だけど、お母さんのためを思って言ったことだったの。悪気はなかったの。ごめんなさい。

そう、一言、美景に弁解させてくれれば。

二択では言い表せない感情があったのに、それに耳を傾けてくれなかった、理解しようとしてくれなかったという悲しみは、いつしか「母にはなにを言っても無駄だ」という失望に変わった。

そして、大人になるにつれて、母は働かない理由を美景に押しつけたのではないか、と捻《ひね》って考えるようになった。

美景がいたって、いなくたって、働かなければ離婚はできない。母はずっと専業主婦だ。

一歩、自分が踏み出し、一人で生きていけるだけのお金を稼ぐ努力をしなかった。その言い訳に、美景は使われたような気がしている。

私は母のようにはならない、と美景は誓う。間違っても、子供のせいでうまくいかなかった、なんて、責任を押しつけたりしない。

――大丈夫。私は絶対に、雄大を幸せにする。

＊

「暮らすってもの入りねー」

携帯でスーパーのチラシを穴が開くほどチェックしながら、『魔女の宅急便』に出てくるセリフを真似《まね》してみた。キキは十三歳でそう呟いたけれど、美景は二十七歳。彼女の年齢をとっくの昔に超えている。今、ようやく、彼女の葛藤《かっとう》を理解した気がする。

とりあえず、三日分の献立《こんだて》と買うものをチラシの裏にメモする。明日はポイントが三倍つく。本当は一週間分まとめて買えればいいのかもしれないが、車の免許を持っていない美景は、前カゴだけついたママチャリしか足がない。持ち帰るのは三日分が限界だった。

ローテーブルの上に広げたファイルをパラパラ捲《めく》る。子供の頃から母が買う主婦雑誌が好きで、特にお気に入りのものを切り抜き、保存してきた。そのほとんどが節約に関する記事で、結婚したら絶対に実践するんだと、夢を抱いていた。

——お母さんに強要しないで。自分が主婦になってからやりなさい。

母にファイルを見せたとき、そう言われたのを思い出す。やっぱりあのときも母は怒っていた。

変な子供だな、と我ながら思う。が、節約が好きだった訳ではなく、それを語る誌面の主婦たちが、幸せそうに見えたのだと思い至る。彼女たちは不平不満を言う訳ではなく、工夫するのが、楽しそうだった。

が、結婚して二ヵ月、家事を担うようになって、嬉々《きき》としてファイルを取り出し、ストックしてきた節約術を試してみたけれど、その効果は微々たるものだと思い知った。

料理自体は好きだったけれど、毎日献立を考え、しかも予算内に収めるとなると、至難の業だ。

ふと、自分が食べる量を減らせば、予算を達成できるのでは？　と考えてしまい、それは違う、と自分でツッコんだりもした。自分を引き算するような方法は、長続きする訳がない。

チラシのページを閉じ、お気に入りに登録しておいた求人サイトを見る。

ここ一週間ほど、パートを探していたけれど、これ、と思うものが、なかなか見つからなかった。できれば、結婚する前に働いていた書店の仕事がいいと、絞って探していた。が、すべての求人が、初心者歓迎を謳《うた》っている代わりに、土日祝勤務可能の方、と条件がついていた。

一番通いやすく、何度か利用した書店の求人を、もう一度、眺める。

「……土日どっちかだけならいいけど」

条件に書かれてある〈ゴールデンウィーク、お盆、年末年始に勤務可能な方〉を睨《にら》む。雄大はカレンダー通りの休みだ。もし、美景が書店で働いて、求人の募集要項通りに働けば、休みは常にすれ違い、帰省も別々にすることになる。

普段、八時前に家を出て、日付が変わるギリギリに雄大は帰ってくる。それなのに、土日に美景が働き始めたら、ずっとすれ違いになる。

美景は本棚から、家計簿を取り出した。食費と日用品費を雄大から貰い、やり繰りしているけれど、二ヵ月とも、少し、赤字だった。足りなかった分は、独身時代の貯金から少し補塡《ほてん》した。彼には話していない。

雄大はもともと、全く自炊をしていなかったので、調味料やお米など、すべてを一から買い足した。だから、普通より多くお金が出て行ったのだとは思う。それでも、このままだとずっと赤字だ。

求人サイトの条件に、〈接客業〉、〈初心者歓迎〉、〈主婦歓迎〉、〈シフト自由〉をチェックして、検索し直す。今、一番譲れないのは、夫との時間を最大限に確保してお金を得ることだった。

検索結果を見ていくと、一つ、気になる求人があった。

テーマパークのパートだった。

雄大が大学生のときに、地元の遊園地でバイトをしていたことを思い出す。真冬に震えながら、スケートリンクを作ったのだと、折に触れて話していたのが、とても楽しそうだった。

美景はそのページをお気に入りに入れた。

——やってみようか。

気づくとリビングが薄暗くなってきたので、照明をつける。冷蔵庫からタッパーを取り出し、常備菜を盛り付けると、レンジで温めた。

壁にかかった時計を見ると、六時を過ぎていた。なんの変哲もない木製の壁掛け時計だったが、雄大のお気に入りの一品だった。

——秒針の音がしない時計を探したんだ！

そう、嬉々として語ってくれたのは、いつだっただろう。夜に静かだと秒針の音が気になって眠れないから、いいものを見つけた、と喜んでいた。秒針の音なんて意識したことがないから、美景は驚いた。

冷凍ご飯も温めて、ローテーブルに並べる。いただきます、と手を合わせる。雄大もそろそろ、同じものを食べているだろうか。

しばらくは昼用にだけお弁当を作っていたけれど、夜ご飯を家で食べるのは無理そうだったので、二個、お弁当を作って渡している。最初こそ、新婚らしくと思い、ハート形のそぼろ弁当を作ってみた。会社の人が覗《のぞ》きに来たと嬉しそうだったけれど、今は、昼と夜でメニューを変えることで精いっぱいで、見た目は度外視してしまっている。

ずっと、一人で晩ご飯を食べるんだろうか、と美景はぼんやり考える。

遠距離だった頃は、月に一度、美景が雄大のところへ会いにいく他に、雄大が月に二回ほど、美景の仕事が終わる頃に会いに来るのが精いっぱいだった。下道を八時間ほどかけて車で往復して、滞在時間は二時間。夕ご飯を食べ、家まで送って貰い、雄大から無事に家に着いたとメールがあるまで起きていた日々。

それに比べれば、どんなに遅くなっても、美景が待つ家に帰ってくるのだから、幸せに違いない。

賑《にぎ》やかしにテレビをつける。と、セキセイインコのピピが音に反応して鳴き始めた。

「はーい。すぐ食べるからちょっと待ってくださーい」

残りのご飯を口に入れ、食器を流しに持っていく。

カゴの扉を開けると、待ってましたとばかりにピピは飛び出し、美景の肩にとまった。耳たぶを甘噛《あまが》みして、くすぐったい。

餌《えさ》を自分で食べなかったときは、どうなることかと思ったけれど、この子を迎えてよかった、と心底思う。友人も知り合いもいない大阪の街で、夫の帰りを待つのは寂しい。

——それに。

最近、雄大は機嫌が悪い。二人きりだと気づまりでも、ピピが間に入って、空気を和やかにしてくれている気がする。

ピピが腕をつたって、肩から手の甲に降りてくる。美景は人差し指をピピの足元に差し出し、上に乗るよう促《うなが》した。ひょい、と指に移動すると、まっすぐ美景を見上げ、ピヨイ、と鳴いた。

　ピピのカゴに設置するビニールカバーを作るために材料を買いに行った後も、雄大とかなり険悪な雰囲気になった。

　定期健診も兼ねて一度、動物病院にかかったほうがいいとネットで見かけ、鳥も診《み》ることができる病院を受診したときだ。今の時期はまだ寒いから、ひよこ電球を入れるだけじゃなく、ビニールでカバーを作ってかけたほうがいいと助言された。その足で、ホームセンターに寄り、獣医の言う通り、ビニールカーテンやテープを買って帰った。

　――俺、ちょっと寝るから。

　雄大は家に帰ってしばらくすると、そう言い、寝室へ行った。まだ、二時を過ぎたくらいで、リビングには陽の光がさんさんと差し込んでいた。

　明らかに口数が少なくなり、不機嫌な様子だったが、仕事で疲れているのかもしれないと思い、分かった、と返事をした。だけど、ピピと遊んだり、夕食を作ったりしても、一向に起きてくる気配がない。

　五時半を過ぎたのを確認して、美景は寝室へ行った。雄大は起きて、携帯を触っていた。

　――ご飯できてるけど、食べる？

　訊ねると、雄大は、うん、と返事をした。相変わらず、笑顔はない。

　ローテーブルで夕食を食べ始めてもなにも言わない雄大を見て、ああ、これは何か怒っている、と気づいた。でも、心当たりが全くなく、謝るにも謝れない。

——ゆうちゃん、何か怒ってる？

苦肉の策でそう訊ねると、怒ってない訳がないでしょ、と眉間に皺を寄せて言われた。

——なにかした？　私。

本当に分からず、その理由を話そうとしない雄大に若干の苛立ちも感じつつ、もう一度、訊く。

雄大は溜息を吐いて、ビニールカバー、と隣の部屋に置いてある荷物に目をやった。

——あれ、せっかく買って帰ったのに、どうして作らないの？

逆に訊ねられ、えっ、と言葉が詰まる。

——一緒に作ろうと思ってたら、雄大が昼寝をするって言ったから……。

美景が言うと、違う、と夫は言った。

——帰ってきた途端、テレビをつけて、録画を観始めたのは美景のほうでしょ。

思い起こせば、そうだったかもしれない。帰ってきて、なんとなくテレビをつけて、そう言えば昨日録画していたバラエティ番組を観たかったんだ、と思い出し、再生した。

——でも、テレビを観ながらでも作れるじゃない。

美景が反論すると、雄大は、作るのは俺でしょ、と被《かぶ》せた。

——美景は俺が作ってるのを、テレビを観ながら見てるだけでしょ。

そんなことない、とは言い返せず、美景は黙って言葉を探した。が、雄大は言葉を重ねる。

——セキセイインコを飼いたいって言い出して、心配だから病院に連れて行きたいって言って、先生が言った通りにビニールでカバーを作ろうって言ったのは、あなたでしょ？　どうして俺を頼るの？

そこまで言われて、美景は初めて、ごめん、と謝った。

――自分で作ってみる。

が、雄大は言葉を遮《さえぎ》った。

――自分でできないから、俺にやって欲しいって思ったんじゃないの？　いいよ、ご飯食べたら俺が作るから。でも、今度から、自分ができないことを、やりたいって言わないで。

分かった、と美景は頷いたのだった。

ピピが自分の頭を美景の指に押しつけてくる。頭を撫《な》でて欲しいという合図だった。その柔らかな頬や頭を撫でていると、落ち込んだ気持ちも浮上してくる。うっとりして、とろんと細くなった目は、美景を受け入れてくれていた。

どうしてそこまで怒るのだろう、と思うことは、それ以外にも多々あった。

ゴミ箱の内側とゴミ袋の外側に隙間がある、とか、冷蔵庫に賞味期限切れのものがある、とか、部屋が散らかっている、とか。

毎日言われる訳ではない。いや、言葉にされることは、ほとんどない。でも、いつの間にか無口になっていて、もしかして何かやらかしただろうかと気づき、

――何か怒ってる？

と美景が訊いて、初めて雄大が口にして、何に怒っているのか気づく。その繰り返しだっ

た。
ピピを鳥カゴに戻して、上から遮光カバーをかける。これも、動物病院で教えて貰ったことだった。セキセイインコは部屋を暗くしたら眠る。あまり夜更かしをさせては病気になるから気をつけて、と。

美景は少し考え、リビングの照明を消して、隣の部屋に移動した。

雄大が帰ってきたとき、美景はパソコンを置いているデスクの上に、突っ伏して眠っていた。彼が玄関の鍵《かぎ》を開け、入ってきた音に気づかなかった。壁にかけてある時計を見ると、十二時を回っている。

「……ベッドで寝たらいいのに」

「待っていたかったから」

美景が笑うと、だったら、と雄大は言葉を続ける。

「ただ待ってるだけじゃなくて、何かしたらいいのに。プロット書くとか、企画考えるとか」

少し棘《とげ》がある言い方に、胸がすっと冷える。結婚したばかりの夫の帰りを、楽しみに待っているのは、そんなに悪いことなのか。

「……そうだ。今日は、パートを探してたんだ。ここなんだけど、どう思う？」

携帯にも保存しておいたテーマパークの求人を見せる。

雄大は、ぱっ、と見ると、いいんじゃない、と携帯を美景に返した。

「いろいろやってみたら。なんでもできるんだから」

色よい返事に気分をよくして、美景は続ける。

「うん。あと、ここはシフトが自由だって書いてたから、休みも合わせられるなと思って。あと、初心者でもちゃんとマニュアルがあるから」

「あのさ」

言葉を遮って、雄大は言った。

「疲れてるんだ。風呂入ってきていい？」

ダブルベッドの端《はし》で、雄大が背を向けて眠っている。

美景は胸にしまったはずの言葉が暴《あば》れまわるのを、じっと布団の中で堪えた。もう子供ではない。言いたいことを無闇《むやみ》に口に出して、明日仕事のある人を煩わせるような愚かなことはしない。

でも、と美景は思う。

――でも、そんな言い方、あんまりじゃないか。

一つのことを考え出すと、別のことが全く考えられなくなるのは、子供の頃からずっとで、どうしようもないことだった。今、美景の頭の中の大半を占めているのは、どうやってお金を稼ぐかで、すぐにお金になりそうにない小説のことは、後回しになっていた。

それに、テーマパークの求人の締め切りは、明後日《あさって》だった。夫に相談せず、応募するのはどうかと思い、口にしたけれど、それもダメなのか。

一度、話し始めると、止まらない自分のお喋りが嫌になる。

――それに。

雄大の背中をちらりと見る。タイミングよく、大きないびきをかく彼は、隣に美景がいることなんて忘れているみたいだ。

遠距離で、顔を合わせることが難しかった頃は、背中から美景を抱きしめ、このまま毎日一緒に眠りたいと言っていた。一人暮らしの雄大は、折り畳みのシングルベッドを使っていて、二人で横になると、狭くて仕方がなかった。それでも、雄大は、じゃれあうように、美景を抱いた。

もう、なんの気兼ねもなく、抱き合えるはずなのに、雄大は美景を抱こうとしなかった。恥を忍んで、こちらから誘ったこともあるけれど、「疲れてる」「そういう気分じゃない」と、のらりくらりと避けられた。最後に言った言葉は「寒いから嫌だ」。

美景はベッドを降りて、迷子になったかのように廊下へ出て、リビングに向かった。

悲しみを飲み込むと、今度は腹の底から怒りがこみ上げ、自分の気分の変化に振り回されて疲れる。

そっと、鳥カゴに被せてあるカバーを捲り、隙間《すきま》から様子を確認する。ピピは少し驚いた様子で、こちらを見た。

「ごめん、起こしたね。おやすみ」

カバーを元に戻して、リビングを出る。が、寝室に戻る気にもなれず、パソコンの電源を入れて、立ち上がるのを待った。

——雄大が、何を考えているのか分からない。

不満があるなら、はっきりと言ってくれなければ分からなかった。ゴミの捨て方一つにしても、こちらが訊かなければ、自分の気持ちを話すことはない。

——休みの日に、何がしたいのか。

——何が食べたいのか。

——どこか、行きたいところはないのか。

訊ねても、何でもいい、というばかりだ。

あまりに学生の頃と違うじゃないか、と戸惑ってばかりだ。彼はいつだって、自分がやりたいことを、やりたいようにやってきたはずだ。

なのに、今は、雄大がなにを考えているのか分からない。

パソコンが立ち上がり、ポーン、と音を立てた。

美景は首を振り、考えるのをなんとかやめようとする。

お気に入りにいれておいたテーマパークの公式サイトへ飛び、応募シートへ名前や電話番号を記入していく。

——とにかく、動こう。

カタカタと、キーボードを打つ音が響く。が、雄大の耳にはきっと、届いていない。

＊

「それでは、部屋の端と端に分かれて、お互いに向き合ってくださーい！　まずは、Aグループから始めまーす！」

甲高《かんだか》い、大きな声が部屋に響き渡る。美景はすでに、間違えた、と後悔していた。――私が来ていい場所ではなかった。

この日は、テーマパークのオリエンテーションだった。どこに配属されるかは関係なく、皆、一律に、この研修を受けるらしい。

あの夜、ネットで応募した後、登録選考会の案内が来た。面接よりはもっと砕《くだ》けた会で、自分の希望する職種やシフトをざっくばらんに話す会だった。

美景を担当してくれたのは、五十歳手前くらいの女性だった。美景が、土日のどちらかは休みたい、ということを話すと、どうして？　と訊かれた。正直に、夫の休みに合わせたいと話した。

――この、九時出勤っていうのはどうして？

眉《まゆ》をひそめて訊かれ、躊躇《ためら》う。

――夫の出勤を見送って、私も出勤すると、大体これくらいの時間になると思うからです。

自宅からテーマパークまでは、どんなに急いでも、電車を乗り継いで四十分はかかる。

――旦那さん、大人よね？

質問の意味が分からず、え？　と思わず訊き返した。

――いい大人が、一人で出勤もできないの？

言葉を失い、戸惑っていると、

――分かりました。そういうことで、進めておきます。

と言われた。

これは落ちたな、と思っていたから、採用の電話が来たときは驚いた。が、まずは一歩進んだのだと、少し、喜んだ。

――だけど。

今やっている研修は、二人一組になり、それぞれ部屋の端と端に分かれて、挨拶の声出しをするというものだった。ずらりと、片側に三十人ほどが並び、相手を見ている。

美景と組んでくれたのは、大学生になったばかりだという女子だった。方言で、関西出身なのだろうと想像がついた。

「それでは、Ａグループ、どうぞ！」

オリエンテーションを進めている女性が、声を張り上げる。どこか、舞台女優みたいだと思うのは、腹式呼吸の発声のようだからだろうか。どこか表情も声も、芝居じみていて、大袈裟《おおげさ》に感じる。

合図と同時に、Ａグループの三十人ほどが、声を張り上げた。それぞれ、挨拶の文言は、事前に引いたカードに書かれていたもので、三パターンに分かれている。

要するに、自分の声が相手に届くように、大きな声を出す。相方はそれを聞き分ける、というのがこの研修の趣旨なのだ。

「こんにちは！　今日はパークへようこそ！」

美景と組んだ女子大生は、女優も顔負けの笑顔と発声で、そう叫んだ。迷わず聞き取れて、有り難い。

答え合わせをした後、今度は美景の番だった。挨拶の文章は「いってらっしゃい！　楽しんでね！」。

合図と共に、美景も腹から声を出す。女子大生は、有り難くも、美景の声を聞き分けてくれた。次の研修に行く前に、お互いが持っている紙を交換し、相手の印象を記入するように言われる。それが、お客様から見た自分の印象だと知ってください、と言われていた。

美景は「明るくて親しみが持てる」と書いた。

女子大生から紙を受け取り、目を通す。

そこには、「おとなしくて、暗く見える。もっと元気に！」と書かれていた。


「どうだった？　オリエンテーションは」

家に帰ると、雄大に訊ねられ、美景は一瞬、なんて答えようか迷った。

まだ働いてもいないのに、もう辞めたいと思っているなんて、口が裂けても言えない。

「……若い子が多かった。みんなキャピキャピしてたよ」

「なんじゃそりゃ」

雄大は笑って、お母さんはおかしなことを言うねえ、とピピに話しかけた。

休みの日の夫は、平日より少し、穏やかだった。ふと気づくと、ピピをカゴから出して、肩やお腹に乗せて、携帯をいじっている。

ビニールカバーのことで揉《も》めたとき、てっきりセキセイインコを飼い始めたことも、嫌だったのだろうかと思っていた。が、こうやって、目を細めて可愛がっている姿を見ると、美景に対して怒っていただけだと分かる。

「ピピ、こっちおいで」

美景が指を差し出すと、ピピはキキッ、と威嚇して、雄大の肩に飛んで逃げた。

「えー、なんで？」

ピピに訊ねると、雄大が、

「俺のほうが好きなんだよなあ？」

とニヤける。

「平日はいないから、レアキャラなだけだよねえ？」

美景は盛大に嫌味を言い、お風呂に入って着替えてくる、とリビングを出た。ああ、自分が可愛くない。

脱衣所で服を脱ぎ、洗濯機に放り込む。フットカバーを脱ぐと、踵《かかと》と小指のあたりに血がついていた。どおりで痛いはずだった。靴擦れしている。普段スニーカーしか履かないのに、パンプスを履いたせいだ。オリエンテーションにはオフィスカジュアルな服装で参加するように、と書かれてあって、急遽《きゅうきょ》、購入した。

普通の女性が当たり前にできたり、寧《むし》ろ、楽しいと思うことに美景は向いていない。でも、それをやらないと、変わった人として浮いてしまう。メイクやファッション、言葉遣い、雑談……。どうしてみんな、軽々と、こなしてしまうのだろう。

だけど、通勤はスニーカーでいいらしい。もう履く機会はほとんどないだろう。

美景は汚れたフットカバーをゴミ箱に放り込んだ。

＊

「三回流して！」

レーンの先頭に立つリーダーに言われて、美景は隣にある小型の冷凍庫を開けた。中からパティを取り出し、九枚、レーンに並べる。次は、バンズをケースから取り出し、上下をそれぞれ、同じく九枚。

美景が配属されたのは、パーク内にあるハンバーガーショップだった。

この日、担当することになったのは、レーンの一番後ろで、バンズとパティを機械に流す役目だった。誰でもできる簡単な仕事だと、店のバイトリーダーは笑顔で言っていた。美景より五つは年下の女性だった。

もう五回ほど、ここを担当しているけれど、さっぱり要領が掴《つか》めなかった。自分でも驚く。

作業自体は簡単なのだ。なにしろ、流すだけなのだから。が、頭の中で、数字を数えられない。

一回流して、は大丈夫だ。九枚ずつ流せばいい。が、三回と言われると、合計で二十七枚ずつ流すことになる。まず、パティを九枚、そのあと、バンズを九枚ずつ。それを三回繰り返す。が、九枚を流している間に、これが何度目の九枚なのか注意深く頭の中で繰り返し言い聞かせないと、見失ってしまう。

そして、途中で「追加で四回！」、「トータルで十回流して！」などと、変更になると、耳に入ってきた数字のせいで、今、どこまで流していたのか完全に分からなくなる。

「ストップって言うまで流し続けて！」

リーダーが叫ぶ。

その声で、頭の中の数字が行方不明になる。

と、流れた先のスタッフが美景に怒鳴《どな》った。

「もうちょっと、こっちのこと考えて流してくれない？　早く流れてきたり、間が空いたり。いい大人なんだからさ！」

すいません、と謝り、また、すべてが頭から消え去る。

午後からのスタッフが出勤すると、美景は洗い場に回された。

使用済みのトレーやグラスをラックに並べ、業務用食洗機に流す。その間に、手でしか洗えないようなツールを流しで洗い、キッチンタオルの上に並べる。

淡々とした作業だったけれど、気持ちが楽だった。怒鳴られることは、まず、ない。

初めて飲食店で働いたが、体育会系なのだな、と分かった。まず、怒鳴られる。その度に、心臓が縮みあがる。

「キッチンタオルに並べるときは、斜めに立てかけたほうがええで」

急に声をかけられ、驚いて振り返る。と、自分より十歳ほど年上の男性が笑っていた。コックコートの上につけている名札に「松本《まつもと》」と書いてある。

「斜めにしといたら、自然と水が下に落ちるやろ。すぐに乾くから、拭《ふ》く手間が省けるで。楽できるところ、楽しいやぁ」

なるほど、と、美景はステンレスのバットを立てかけた。

ここで働き始めて、優しく声をかけてくれた人は初めてだった。

「松本さんは、もう長いんですか？」

美景が訊ねると、

「いや、さっちゃんと同じ時期に入ったんやで」

と言われた。

「さっちゃん……」

オウム返しで呟くと、

「佐久間《さくま》、やから、さっちゃん。ええやろ」

と笑った。

「初めて呼ばれるあだ名ですね」

「え？　ほんまに？」

松本が目を丸くしていると、バイトリーダーが彼を呼んだ。が、彼は、へえい！　と返事をした後、なおも話した。

「さっちゃん、今日、何時まで？」

「今日は五時までです」

「あ、俺は五時半まで。じゃあ、ちょっと待っててや。社員食堂で。な？」

彼は一方的にそう告げると、レーンに戻っていった。


困ったな、と思いつつ、結局、社員食堂で松本を待った。

私服に着替え、コックコートと帽子を返却カゴに返し終わると、食堂の入り口付近の席に座った。混雑しておらず、食事を摂《と》っている人も少ない。きっと、出勤時間まで待っているのだろう。

美景もいつも、余裕を持って出勤し、社員食堂で時間を潰《つぶ》しているので、気持ちが分かる。

「あ、さっちゃん、お待たせ！」

松本はトレーナーにジーンズという簡単な格好で現れた。美景も似たようなものなので、少し安心する。

「お疲れ様です」

美景が会釈すると、松本は向かいの席に座った。まるで昔からの知り合いのように砕けた態度の彼は、マジで今日疲れたなあ、と笑った。

本題を切り出さない松本に少し困惑し、えっと、と美景が言葉を選んでいると、

「あ、そやそや。メアド交換しよって言おう思っててん」

彼はリュックの中から携帯を取り出した。

「店には携帯持ち込めんやろ？　でも、俺、自分のメアド覚えてへんしさ。さっちゃんの教えてーや」

「あ、はい」

美景は携帯を取り出し、自分のアドレスを表示する。松本はすぐさまそれを受け取り、自分の携帯に打ち込み始めた。

「ほい。ありがとー」

美景が携帯を受け取ると、すぐにメールが届く。件名に〈まっさんやで〉と書いてある。

「それ、俺のアドレス。電話番号も登録しといてな」

はい、と言いつつ、美景は訊ねた。

「……なんで」

「ん？」

「なんで、私の連絡先を」

ああ、と松本は笑った。

「だって、さっちゃん、怒鳴られてばっかりで、もう、顔面が真っ青やねんもん。すぐ辞めてまいそうやから、おっちゃんが話でも聞いてやろう思うてな」

＊

「で、松本さんは、私のことを大学生だと思ってたんだって」

美景は雄大に話しながら、洗濯物を畳んだ。帰ってすぐは動けず、カーテンレールに引っかけたままになっていた。明日も仕事だから、今日のうちになんとかしようと、雄大の帰宅と共に動き出した。

体は疲れていたけれど、気持ちは久しぶりに軽くなっていた。誰かが自分を気にしてくれている。こんなに心強いことはなかった。

「私が初めてのバイトなのに、おばちゃんたちに怒鳴られて辞めちゃうんじゃないかって思って、声をかけてくれたんだって。コックコートと帽子でみんな同じ格好だから、背が低い私はかなり年下に見えたらしいんだよね」

へえ、と雄大は言いながら、パソコンに向かっている。

「松本さんは、パークで働き始めたのは私と同じタイミングだけど、他の飲食店でも働いていて、そっちがメインなんだって。だから、業務用食洗機の使い方とか、慣れてるみたい。あ、四歳になる娘さんがいるらしいんだけどね」

「あのさ」

雄大が振り返り、床で洗濯物を畳んでいる美景を見下ろす。

「その話、いつまで続くの？」

「え？」

美景は膝《ひざ》の上で畳んでいたタオルから顔を上げる。

「松本さんに、そこまで興味がないんだけど」

うん、そうだね、と頷き、美景は言葉を飲み込んだ。雄大はまた、パソコンに向き直り、ネットを見ている。

畳んだタオルを持ち、洗面所に向かう。ラックの上に置くと、洗面所の鏡で自分の顔を見た。しかめっ面がこちらを睨んでいる。

喋り過ぎただろうか、という思いと、それでも言い方に腹が立つという苛立ちがせめぎ合う。しかも、今日、雄大は、いつもより早く帰ってきた。だから、話し始めたのだ。

そもそも、仕事どうだった？　と訊いたのは、雄大だ。なのに、あの言い方はなんだ。

美景は部屋に戻り、ねえ、と声をかけた。夫が振り返る。

「なにか怒ってるの？」

一緒に暮らし始めて、似たようなことを何度も訊ねてきた。が、今かけた言葉は、これまでとは違う。――自分に非があるとは思えていない。

美景の声色で、こちらが怒っていることに気づいた雄大は、少し居心地が悪そうに身じろいだ。

「今日、雄大がいつもより早く帰ってきたから、話したの。いつもみたいに日付が変わる頃に帰ってきてたら話してない」

雄大が何か言おうとするが、それを遮る。

「興味がないって止められたら、私、なにも話すことがなくなるよ。だって、家にいるか、仕事に行ってるか、どっちかだけなんだから。そんな、おもしろおかしいネタなんて持ってないよ。その中で、唯一変わった出来事が、松本さんだったの」

唇《くちびる》が、わなわな震える。――嫌だ、と思う。こんな風に言い争いたくなかったから、我慢していたのに、どうして一度、口火を切ると、次から次に相手を責める言葉が滑《すべ》りだすのだろう。

「何か不満なんだったら、それを直接言って」

目頭が熱くなる。どうして怒っているのに、泣きそうなのだろう。

雄大は沈黙したまま、イスに固まった。下を向いた視線が、小さく揺れている。

美景は立ち尽くし、夫の顔から目を逸《そ》らさなかった。

「……座って」

雄大に言われ、美景は畳の上に正座する。

「イスでいいよ」

と言われるが、首を横に振る。

「いい、ここで」

うーん、と彼は唸《うな》り、自分もまた、イスから降り、畳の上に胡坐《あぐら》をかいた。

「会社で嫌なことがあった。だから機嫌が悪かったかもしれない。ごめんなさい」

素直に謝られ、拍子抜《ひょうしぬ》けする。

「……嫌なことって？」

訊ねると、説明が難しいけど、と夫は言葉を探した。

「同じプロジェクトの同僚と、うまくいってないというか」

うん、と美景は相槌《あいづち》を打ち、続きを促す。

が、彼の説明は、あっちへ行ったり、こっちへ行ったり、核心に触れない。

何度も質問を繰り返して、ようやく、事態がぼんやりと把握できた。

「……まとめると、同僚のプログラマーが、ゆうちゃんが書いた仕様書に納得できなくて、でもそれをゆうちゃんには相談せずに、勝手にゆうちゃんの上司に相談しに行っているということ？」

美景が訊ねると、雄大が頷く。

「そして、その上司はゆうちゃんに確認することもなく、仕様書を書き換えてるってこと？」

もう一度、頷く。

「変更するよ、とか、なにも言われないの？」

「そう」

「なんで言われないのに、変更されたって分かるの？」

「俺の席の近くで、こそこそ話してるから。俺が担当した部分だって分かるけど、何をどう変えてるかは、聞こえないくらいの音量だから分からない」

理不尽な仕打ちに、今度は別の怒りがこみ上げる。

「そもそも、どうして変更しなきゃいけないの？」

「分からない」

うなじが見えるほどに項垂《うなだ》れた雄大の、後頭部を見つめる。白髪がだいぶ、増えた。

「……いなくても、いいんじゃないかな」

雄大がぽつりと呟く。

「え？」

「……俺がやった仕事、全部書き換えていくなら、俺がいる必要なんてないんじゃないかな」

こんなに弱気な雄大は見たことがなかった。大学で知り合って、もう九年経つ。が、彼が自分のことを疑っているところになんて、一度も遭遇していない。

「……本人に直接言えない？　何が悪かったんですかって」

美景は昔のことを思い出す。こういう事態は過去にもなかったか。そのとき、彼は、どうしたか。――記憶が絡まって、思い出せない。

「言いたくない」

雄大は、それだけは、はっきりと言った。

「誰か、相談できる上司とかはいないの？」

「その上司が、書き換えてる人だから」

「その上の人とか」

「直接話したことない」

美景が口を開こうとした瞬間、終わり、と告げられた。

「この話はもう終わり。家でまで、仕事の話をしたくない」

雄大はパソコンの横に置いてあった財布を手に取り、ちょっとタバコ買ってくる、と言った。

「分かった、気をつけてね」

はい、と背中を向けた夫は、スニーカーを履いて出て行った。

胸の中に、言いたい言葉が渦巻いて、落ち着かない。納得がいかなかった。雄大はなに一つ悪くないように見える。理不尽なのは、そのプログラマーと、上司のプランナーではないか。報告、連絡、相談。習わなかったのか！

美景は自分のパソコンを立ち上げ、雄大の会社のホームページを検索する。――代表の電話番号はどこだ。パワハラで訴えると脅してやる。いや、訴える。

会社のサイトが分かりづらく、イライラする。ようやくお問い合わせのページを見つけても、メールフォームがあるだけで、電話番号が載っていない。

「もう！」

美景は頭を抱え、イスの上で丸まった。電話番号が載っていたところで、実際にかけたりはしない。雄大がそれを望んでいないと分かる。美景が口を出して解決するなら、こんなに分かりやすい話はない。

イスから崩れ落ちるように畳の上に倒れ、んー！　と、のたうちまわり、怒りを堪える。自分ならともかく、雄大がそんな仕打ちを受けていいはずがなかった。うちの夫が、粗雑な仕事をする訳がない。毎日毎日、朝から深夜まで働いて書いた時間を、なかったことにするなんて。

行き場のない怒りを、嚙み殺す。

雄大がコンビニから帰ってくるまでに、どうにか普通の顔を取り戻さなければいけない。

＊

店に着くと、三十分早いシフトのパートさんたちが作業をしていた。バイトリーダーに言われて、美景はレーンに急いだ。――雄大の心配をしているどころではない。自分も同じく、仕事がうまくいっているとは言えない。

ピーク時は四つフル稼働するレーンの、二つだけが稼働している。Bレーンの先頭に立っているのは、松本さんだった。よかった、と胸を撫で下ろす。

「お、今日は、さっちゃんと一緒か。よろしくな！」

「よろしくお願いします」

今日、店に着いて、初めて笑顔を見た気がする。少し、肩の力が抜ける。

松本さんが、フライヤー担当のおばちゃんに「ポテト一回揚げてください！」と声を上げる。おばちゃんは、はい、と答え、冷凍ポテトを油に浸す。

「今日、平日やけど、朝からお客さん多いな」

松本さんが呟いたので、美景もレーンの先にある窓から、外に視線をやる。確かに、いつもより、人が多い。

「あ、制服の子らぁが多いな。修学旅行か。ちょっと多めに揚げておいたほうがいいですかねえ？」

松本さんがAレーンの先頭に立つリーダーをやっているおばちゃんに話しかける。が、彼女は無表情で、顔も見ようとしない。聞こえていないのかな、と美景は思ったが、松本さんの表情が少し険《けわ》しくなっているのを見て、ドキリとする。

「どう思います？　小野寺《おのでら》さん」

松本さんは、はっきりと彼女の名前を呼んで訊ねた。が、彼女はひそひそと自分のレーンのバギングのおばさんと話していて、返事をしなかった。

嫌な感じだな、と思った瞬間、

「おい！　返事せえや！　人が訊いとんねん！」

ドスの利いた声がキッチンに響き渡る。小野寺はもちろん、その場にいる全員が動きを止め、言葉を失った。バイトリーダーも動かない。

「あんた、ここのオープニングスタッフやぁ言うてたよなあ？　まだ働き始めて一ヵ月そこらの俺が訊いてんねん！　俺のためじゃなく、お客さんのために返事せんかい！」

彼女はみるみるうちに目を赤くして、顔を歪《ゆが》めた。と、そこでようやく、社員の男性が駆けつける。

「松本さん、ポテト、もう二回は揚げたほうがいいですわ。あと、小野寺さん、洗面所で顔洗ってきて。落ち着いたら戻ってきてください」

すいません、と、息も絶え絶え、彼女はその場を離れた。

社員の男性が小野寺の代わりにレーンの先頭に立ち、指示を出す。そして、松本に、女性には優しくしてくださいね、と言った。


三時に店を出て、従業員専用のバスに乗って更衣室へと向かった。松本は夕方までのシフトらしく、途中で休憩に出て、その後は持ち場が変わった。話はできなかった。

小野寺とは数回、同じレーンで働いたことがある。そのとき、ポテトのバギングを教えて貰った。一度に揚げたポテトをきちんと分量通りに分ければ、十二個のカップに入れられる。最初の数回はデジタルスケールで量り、感覚を摑むように言われたけれど、スケールがなくなったら、うまくいかなくなった。どうしても、多くなったり少なくなったりして、十二個ぴったりにならない。

——今までバイトとかしたことないの？

——何だったらうまくできるの？

そう訊かれ、したことあります、すいません、としか返せなかった。自分でも、どうしてできないのか分からなかった。が、一方で、嫌味だな、とも思う。それを訊いたところで、劇的にポテトのバギングがうまくなる訳ではない。寧《むし》ろ、萎縮《いしゅく》して、その場にいることすら辛《つら》くなった。

でも、一方で、松本さんの反撃を見ると、どんなに嫌味な相手でも、あんな風に怒鳴るのは違うのではないか、と、小野寺に同情してしまうのだった。松本の言っていることは正しい。が、方法は違う、と思ってしまう。

更衣室へ行くと、小野寺と二人のおばさんが、先に着替えを始めていた。三十人ほどが着替えられるスペースがある部屋の真ん中に、彼女たちは陣取り、メイクを直していた。美景は入り口に一番近い席で、着替え始める。気づかれたくなかった。

普段、コックハットを被っているから知らなかったけれど、小野寺はイメージと違って、髪は長く、それを高い位置でお団子にしてまとめていた。

「マジでムカつくな、あのおっさん！」

さっきまで泣いていた人と同一人物とは思えない声だった。

「ほんま、うっさいねん。いつもいつも、社員にアピールしてるんか知らんけど、張り切りやがって。なら、自分で考えろや、仕事できるんやろうが」

隣で制汗剤を使っているおばさんが、ほんまやな、と頷く。

「私も一緒のレーンになったことあるけど、いちいち、うっさいねん。男のお喋りはほんまに好かんわ。しかもずっと自慢話。寿司《すし》屋で働いとるんか知らんけど、稼げんから掛け持ちバイトしてるんやろ。子供がおるのに、それはないわ！」

「な！　それなのに、社員に、今度食べに来てください、とか言っとったわ。お前の店か、っちゅうねん！　どうせ、回る寿司やろ」

言いつつ、入り口に置かれている扇風機に当たりに来た小野寺は、美景に気づいたようだった。一瞬、目が合う。が、すぐさま彼女は、視線を逸らした。

「そんなおっさんに媚《こ》び売るやつも、媚び売るやつやけどな！」

言いつつ、小野寺は更衣室を出て行った。

＊

——今度の月曜にシフト入ってる？　暇やったら研修せえへん？

小野寺との騒動を気にしていない様子で、松本からメールが届いた。研修、というのは、パークで遊ぼう、という意味だった。

どの職種でも、テーマパークのことを知るために、平日は無料でパークで遊べることになっている。松本に詳しく訊くと、娘が遊びたがってるから家族でパークに行く予定なのだそうだ。

従業員出入り口で待ち合わせ、研修の手続きを取ってパークに入る。奥さんと娘さんは、お客さんとして、もう中に入っていると松本は言った。

キッズエリアのベンチに座っている二人を指差し、あれ、うちの嫁と娘の穂乃果《ほのか》、と彼は言った。美景が頭を下げると、奥さんが笑いながら手を振ってくれた。

「いつも主人がご迷惑おかけしてますー」

「あ、いえ、こちらこそ、お世話になっています」

慌てて頭を下げる。と、松本が「そこはお世話になってますでええやん。なんでご迷惑やねん」と不機嫌になった。

「だって、絶対に迷惑かけてるやん」

夫婦《めおと》漫才でも見ているような間合いに、思わず笑う。

娘を肩車して歩く松本は、いいお父さんだった。子供ができたら、雄大もあんな風にするのだろうか、と思う。が、それは物凄《ものすご》く遠く感じた。結婚する前のほうが、リアルに想像できた。

いざ実家を出ると、生活するというのは、こんなにも難しいのかと、現実を知ってしまった。二日に一回洗濯をして、お弁当を作って、パートに行って……。今ですら精いっぱいなのに、ここに子育てが入る余地を見いだせなかった。世のお母さんは、どうやって一日を過ごしているのだろう。想像がつかない。

松本と娘がジュースを買いに行ったのを奥さんと待っていると、

「うちの旦那、迷惑かけてない？　大丈夫？」

「いや、迷惑なんて。寧ろ私がいつもフォローして貰ってます。本当に私、使えなくて」

右手をひらひらと振ると、彼女も真似して、そう？　と笑った。

「さっちゃんが、さっちゃんが、って家で話してるから、話してみたいなあと思って、あの人に誘ってって言ったんよ。急にごめんね」

「いや、誘って貰えてよかったです。こっちに知り合いいないので」

彼女はまた笑った。が、少し、寂しそうな笑みだった。

「あと、あの人、店でうまくやってるかなあって、訊きたかったの」

え？　と美景は訊き返す。

「前もあったのよ。店の人とケンカして、仕事辞めちゃって。娘が生まれた頃かなあ」

彼女はどこを見るでもなく、遠くに視線をやった。

「……でも、私も強く言えないのよね。夢を諦《あきら》めさせちゃったから」

「夢、ですか？」

美景が訊ねると、バンド、と彼女は言った。

「あの人とは、中学の同級生だったんだけどね。ずっとバンドやってて。……何してたと思う？」

突然訊かれて、ボーカル？　と答える。と、彼女は大きな声で笑った。

「あの人がボーカルはない！　ドラム！　それしかないでしょう」

ああ、と言いつつ、美景もつられて笑う。音楽のことはよく分からない。

「で、結婚する前に穂乃果を妊娠して。そしたらあの人、命より大切だったはずのドラムセット売りに行って。もう音楽はやめたって。これからは娘が命だって。嬉しかったけど、よかったのかなって思う。かっこよかったのよー、ドラム叩《たた》いてるのが！」

途中で照れたのか、彼女は美景の背中を叩いた。

「まあ、だから、あの人が仕事をしていて、少しでも楽しいほうがいいなと思って。あの人の話には、さっちゃんしか登場しないから。何かやらかしそうになったら、とめてやって貰えないかな」

真剣な表情だった。

「がんばります」

美景が言うと、ありがとう、と彼女は笑った。

＊

ゴールデンウィークが過ぎて、梅雨に入ると、パークに来るお客さんの数がかなり減った。その分、美景のような新人のパートは、入っていたシフトを前日にキャンセルされることも多くなった。

場数を踏んで覚える、ということは、この働き方では難しいと気づき始めていた。家で練習できるならまだしも、実際に店に行かないとできないことばかりだ。

この日、五日ぶりに出勤すると、洗い場に行くように言われ、ほっとした。いつもより多い洗い物に、腕を捲る。

と、いうのも、毎年、この時期は客足が遠のくから、スペシャルメニューを用意しているらしい。グループで来たお客様向けに、どうやって食べるのか見当がつかない高さのハンバーガーと、ポテトとオニオンフライの山。盛り付けているのは、他の商品と違って、使い捨ての紙皿ではなく、プラスチックの大皿だ。最近人気があるキャラクターがプリントされている。非売品で、持ち帰ることはできないが、その写真を撮りたいと、ファンの間では、かなり人気らしい。

普通に発売したら高くても売れそうなのに、と思いつつ、お皿をラックに並べて、食洗機に通していく。

「さっちゃん、お疲れー」

松本に呼ばれ、お疲れ様です、と頭を下げる。

「お、それ、非売品の皿？」

松本に訊ねられ、そうです、と頷く。

「高いのに、よく売れますよねー。みんなお金持ってるなー」

「ほんまになー」

言いつつ、洗浄とすすぎが終わった皿の一枚に手を伸ばす。手伝おうとしてくれているのだと思い、大丈夫ですよ、と言いかけた瞬間、手に持っていたキッチンタオルに皿を包んだ。そして、それを、コックコートの中に隠す。

「松本さ」

美景が呟くと、しー、っと、指を口に当てて言う。

「穂乃果が欲しがってんねん」

小声で言う彼に、美景は首を横に振った。――今朝、店からの一斉メールで、絶対に店の備品を持ち帰らないようにと通告があったばかりだった。毎年、この時期は、非売品のグッズを持ち帰り、ネットオークションで売る人が多発する、と。奥さんと穂乃果ちゃんの顔が浮かぶ。

「やめたほうがいいです。絶対に」

いつもと違い、強い口調で言う美景に、松本は多少、怯《ひる》んだようだった。

「大丈夫やって、ばれへんから」

「でも」

なおも主張する美景に、松本は眉間に皺を寄せた。――怖い。親近感を覚えていた相手が、急に豹変《ひょうへん》する。

「佐久間さーん！　手ぇ、とまってませーん？」

バイトリーダーが洗い場に顔を出す。と、持ち場を離れている松本に気づき、大きな溜息を吐く。

「松本さん、ゴミ出し頼みましたよね？　……って」

バイトリーダーが、松本の異変に気づく。

「すいませんけど、ちょっと来て貰えます？」


事務室に呼ばれた松本は、その後、キッチンには戻ってこなかった。バイトリーダーはさすがに、何があったか他のバイトに話していないようだった。

シフトに入っていたはずの松本がいないことを、小野寺たちはサボりだの、何だのと噂《うわさ》していた。

初めて十八時まで勤務して、店を出た。早く従業員出入り口へ行き、バスに乗りたいと足早になる。

が、夜のパレードが始まったばかりで、交通規制がされていて、従業員出入り口までの道を警備のスタッフが封じていた。

「すいません、帰りたいんですけど、他に道ってありますか？」

美景がこっそりと訊ねると、警備の男性は、怪訝《けげん》そうに、いや、と頭を振った。

「パレードが終わるまで待って貰わないと帰れませんね。店の人に聞いてないですか？」

はい、と頷く。

パレードのBGMで、声がかき消される。が、パレードのフロートは遠くにいるらしく、この道に来るまでは、まだ時間がかかりそうだった。

「ちょっと、渡ってもいいですか？」

訊くと、警備の男性は、ダメに決まってるでしょ、と声を張り上げた。

「お客さんの横断も、とめてるんですから。あと二十分もすればここの道は開放になりますから！　それまで店の裏ででも待っていてください！」

すいません、と頭を下げ、店の裏口に戻る。昼間より、お客さんの声が明るい気がする。

居場所も、やることもなく、暗闇《くらやみ》の中を光る電飾を、ぼんやりと見つめる。いつの間にか、光が揺れ、滲《にじ》んでいく。

この間、パークで別れたとき、穂乃果ちゃんに「こんどはパレード見ようね！」と言われて、指切りをした。もう、それは叶《かな》わないかもしれない。

＊

松本はそのまま店を辞めたらしいと、小野寺たちが話しているのを耳にした。クビになったのか、自分で辞めると言ったのか、分からなかった。

美景からメールを送ることも、松本からメールが来ることもなかった。

雄大に「週に一度しかシフトに入れないから、パートを辞めたいと思う」とメールする。面と向かって言うのが怖くて、メールにした自分を卑怯《ひきょう》だと思う。

――いいんじゃない？

夫から返ってきたのは、その一言だった。

雄大は、自分に興味がないのかもしれないと、その一言を見つめた。

第二章

「……俺は会社に行く、俺は会社に行く、俺は会社に行く」

リビングの絨毯《じゅうたん》に頭を擦《こす》りつけ、雄大は自分に言い聞かせた。そうしないと、身体《からだ》が動かない。

「ゆうちゃん、もう今日は休んだら？」

背後から美景が声をかけてくる。一瞬、ぐらりと目の前が揺れる。

「……行く。一回休んだら、二度と行きたくなくなるから」

立ち上がり、パソコンデスクから腕時計をとってつける。財布をポケットに入れ、社員証をリュックのポケットに入れる。

「あ、携帯忘れてるよ」

美景がお弁当と一緒に渡してくれる。ありがとう、と受け取り、リュックに入れる。

「……いってらっしゃい、気をつけてね。無理だったら帰ってきて」

玄関まで見送りに来た美景が言う。それには返事をせず、

「行ってきます」

すがりつくように抱きしめ、ふうっ！　と息を吐くと、スニーカーを履いた。玄関を出ると、美景が鍵を閉める音を聞いて、階段を降りる。

通勤ラッシュが嫌いだった。人がゴミのようだ、と『天空の城ラピュタ』のムスカのようなことを思う。どうしてみんな、ああも好き勝手に動けるのだろう。

滑り込んできた電車の車両に乗り込む。満員電車で携帯ゲームをするサラリーマンが嫌いだ。クシャミや咳《せき》をするのに手で覆《おお》わないおっさんが嫌いだ。香水なのかシャンプーなのか強烈な匂《にお》いをさせる女が嫌いだ。

雄大はハンドタオルを取り出そうと、ポケットに手を突っ込んだ。……ない。忘れてきた。最悪だ。仕方なく、右手で口を覆う。吐《は》き気《け》がする。

こっちに出てきてから、人が汚く見えるようになった。つり革なんて、恐ろしくて触れない。エレベーターのボタンは、指の関節で押すようにしている。

足元に、カラン、と何かが当たる。視線を下に向けると、シートに座った女が手を伸ばして拾う瞬間だった。——口紅だ。

雄大の白いスニーカーに、赤い点がついている。

——勘弁してくれ！

拳《こぶし》が暴れ出しそうになるのを、理性で押さえ込む。雄大は、いつ自分がキレてしまうか、それが怖かった。そういうとき、妻のことを思い出す。もう、一人じゃない。

何に怒っているのか、言葉にできない。その前に暴れ出してしまいそうになる。が、それで物事が前に進む訳ではない。そんなこと、分かっている。

なのに、美景が松本というおっさんに肩入れしていたときは、正直イラついた。職場で怒鳴り声を上げたくなることなんて、いくらでもある。それをするのは子供だ。大人じゃない。雄大だって、どれだけ我慢しているか。

下車する駅まで極力、呼吸を我慢する。扉が開くと同時に外に飛び出し、階段を駆け上った。走るようにして、会社に行く。本当は行きたくない。だけど、早く行かないとエレベーターが込み合い、また、イライラすることになる。

デスクに向かうと、隣の席の先輩が寝袋を畳んでいた。昨日も泊まったのか、と気分が暗くなる。

おはようございます、と挨拶するが、んー、と言い、寝ぐせをつけたまま出て行った。顔でも洗いに行ったのだろう。

いつも忙しそうにしているけれど、何をしているか分からない人だった。十歳は年上だけれど、役職にもついていないし、結婚もしていないらしい。

ふと、デスクの下が視界に入る。いつも彼が食べているカップラーメンのストックが、紙袋に入っていた。急にその豚骨スープの獣臭が、漂った気がした。

嫌だ、と腹の底から嫌悪感が湧《わ》きあがってくる。


――十年後、ああなっていたくない。

雄大はパソコンを立ち上げたけれど、その場にとどまっていられなくて、部屋の外に出た。

いつもならタバコを吸いに行くけれど、最近は禁煙しているので、行く場所がない。仕方なくトイレに行き、用もないのに個室に入る。

入社して五年。ゲームの開発は年単位でかかり、年々長くなる傾向にある。容量が増え、技術的にできることが多くなっているからだ。

今、関わっているタイトルは三本目。去年、結婚してから配属された。だから、あと数年は、今のプロジェクトにいることになる。一年後、雄大は三十歳。そのとき、自分はどうなっているだろう。

同じようなことを、二年前から考えている。あの頃はもっと忙しかった。六時に出勤して終電で帰宅する。十七時間労働。これがいつまで続くのだろうと思った。

あの頃も周りの先輩は、結婚もせず、昼休みにもゲームをして遊んでいた。会社の近くに高い家賃を払って住んでいるのに、寝袋で会社に泊まり込む。そんな風にはなりたくなかった。

通勤に一時間かかるけれど、それでよかったと雄大は思う。終電がなかったら、家に帰る〈言い訳〉ができない。それくらい会社の人たちは、ずっと会社にいて、それが当たり前だという空気を出している。

――自分は、この人たちとは違う。自分には、美景がいる。

日曜日、仕事終わりの美景に会いに、大阪から岡山まで車を走らせながら思っていた。

ファミレスでご飯を食べ、車の中でキスをして、後ろ髪をひかれながら、また四時間近くかけて下道を走り、一人で暮らすアパートに戻る。睡魔に襲われながら、結婚しなければ、と、焦った。

美景と暮らし始めれば、きっと何かが変わる。――変わるはずだった。

だけど、なにも変わっていない。

深夜遅くに帰り、美景が布団で眠らずにいるのを見るのが辛かった。自分が仕事に行っているとき、彼女は一人で何をしているのだろうと考える。セキセイインコを飼ったのは、昼間、寂しくないようにと思ったからだ。それでも夕方にはセキセイインコは眠らないといけないと、彼女はリビングの照明を落とし、隣のパソコン部屋にいる。テレビはリビングにあるから、つけることもなく、無音で寂しそうに見える。

そんな中、デスクにうつ伏せて眠っている美景を見ると、もっと楽しそうにしていて欲しいと思った。結婚しなければよかったと思っているんじゃないかと、邪推してしまう。

ずっと気分が暗くて、なにも欲求がない。何を食べたいか訊かれても、分からず、訊かないで欲しいと思う。

一ヵ月前、雄大は思い切って、美景に訊いてみた。

――病院に行って、薬を貰えば、会社に行きたくなるの？

結婚前に勤めていた書店で、同僚が鬱《うつ》になったと美景から聞いていた。ちょうど、雄大がプロポーズした頃だ。同僚の悩みを聞きながら仕事をするため、勤務時間内に終わらず、家に仕事を持ち帰っていると彼女は言った。

雄大が会いに行ったとき、書店の紙袋の中に大量の短冊のようなものを持ち帰っていたのを覚えている。美景はそれを〈スリップ〉と呼んでいた。本に挟まっているスリップを、出版社ごとに分けて、毎月決まった日までにまとめなければいけないと。

――本当は毎日、目を通すのが理想なんだけど。もう、手が回らなくて。

あの頃は、鬱になる人なんて、気持ちが弱い人だと思っていた。バカにするような気持ちもあった。が、もしかしたら自分も、同じ状態なのではないかと思う。ずっと、元気が出ない。

――会社に行きたくなるかは分からないけど。

美景はそう前置きして、言った。

――書店の彼女は、私が辞めるときには元気になってたよ。この間、子供ができたって嬉しいメールを貰ったよ。

返事ができずにいると、美景は携帯で近所の心療内科を探し、一緒に行ってみる？　と訊ねた。でも、雄大はすぐに、行くとは言えなかった。病院に行ったら、本当に病気になってしまう気がした。

結局、会社の産業医に相談することにして、今日が三回目の面談だった。

話をした直後は毎回、なんとかなる気がするのだった。産業医は雄大の話を聞くと、大抵同じことを言った。

――分からない将来のことを考えずに、今、目の前の仕事のことを考えてみてください。一つ、一つ、やっていきましょう。

目の前のこと、目の前のこと、と心の中で言い聞かせる。そろそろデスクに戻らなければ。面談まであと三十分だ。

外に出ようとした瞬間、人の声が聞こえた。思わず、そのまま個室に留《とど》まる。

「佐久間って、絶対に家に帰るよな」

ふいに自分の名前が聞こえ、心臓が飛び出そうになる。例のプログラマーの声だった。変に甲高くて、耳に気持ち悪い。

「あー、空気読めないよなー」

答えたのは誰だろうか。企画のやつか、デザイナーか。耳鳴りがする。

「あいつ、ゲーム作ってるのに、ゲームやってないじゃん。それで指示されたくないわー」

怒りは湧いてこなかった。ぐわんぐわんと耳鳴りがする一方で、急速に気持ちが冷え固まっていく。――やっぱり無理だ。目の前のことを考えられない。


産業医に、もう無理かもしれない、と話すと、話はびっくりするほど簡単に進んでいった。心療内科を紹介され、すぐに行くように言われた。上司には産業医から連絡してくれるということだった。

言われるがままに、紹介された病院へ向かう。ビルの四階に入ったそこは、窓は大きかったけれど、そこから見えるのはビルばかりで、余計に窮屈に感じた。

予約制ではないから随分待って貰うことになるかもしれない、と受付で言われる。はい、と答え、壁に沿って並べられたイスに座った。七人ほど、診察を待っている人がいた。みんな、どこが悪いのか分からない、普通の人に見えた。

雄大は、携帯を取り出し、美景にメールを打った。どんな反応をするだろう、と怖くなる。美景に分かって貰えなかったら、どうしようか。なんでそんなに弱いんだと、彼女は雄大を嫌いになるかもしれない。

――産業医と話して、これから心療内科で診てもらいます。どうなったか、また連絡します。

事実だけを書いて送る。携帯をポケットに仕舞おうとすると、すぐに返事が来た。

――よかった！　病院でいろいろ聞いて貰ってね！

その明るい文章を見て、安堵する。どうやら怒っていないらしいと知る。

「佐久間さん」

受付の女性から呼ばれ、随分早かったと顔を上げた。彼女は手にバインダーとボールペンを持っていた。

「初めてですよね？　これに記入をお願いできますか？」

あ、はい、と雄大は受け取る。

名前や電話番号の他に、今日、病院に来た理由などを書くようになっていた。

ボールペンで字を書くのは久しぶりだった。パソコンや携帯でしか文章を打たないから、自分の名前さえ、これであっていただろうかと思う。

書き終えたタイミングで、受付の女性がさりげなく、ありがとうございます、と声をかけてくれた。それを渡しながら、自分は今、負けたんじゃないか、と思った。が、一体、何に負けたというのだろう。自分が分からなかった。

一時間ほど経って診察室に呼ばれた。眼鏡《めがね》をかけた女医に、産業医に話したことと同じことを繰り返した。彼女はカルテにメモを取りながら、淡々と相槌を打った。

鬱病であること、まず三ヵ月休職する必要があることを伝えられ、診断書を書くのでそれを持って会社へ行くように言われた。会社から紹介されたこともあって、話が早かった。

診断書を持って会社へ戻る途中、もうこれでしばらく、なにも考えず、決断しなくていいことが楽だと思った。言われたように動いていればいい。

プロジェクトのディレクターに診断書を持っていく。普段、直接話すことのない上の人だった。

「病院の先生は、話しやすかったでしょう。僕も昔、鬱になってね。お世話になったことがあるんだ」

彼はそう言い、雄大の診断書を預かってくれた。

「佐久間くんは、きちんと仕事をしてくれているから、そんなに追い詰められているとは知らなかった。気づかなくて申し訳ない」

いえ、と首を横に振ると、目頭が熱くなる。もっと怒られると思っていた。冷たくあしらわれると想像していた。そんな優しい言葉をかけられるとは、思っていなかった。

「……途中でプロジェクトを離れることになってすいません、やりっぱなしで」

喉《のど》が詰まり、言葉が続かなかった。

「仕事のことは考えないで、ゆっくり休んでください。後のことは気にしないように」

嗚咽《おえつ》を、堪えきれなかった。

今日はもうこのまま帰っていいと言われ、荷物を持って駅に向かう。こんな時間に電車に乗るのは久しぶりだった。朝とは違って乗客が少なく、息がしやすかった。

美景に、三ヵ月休職することになったこと、これから帰ることをメールする。じっと、返信を待った。と、

――お疲れ様！　気をつけて帰ってね！

いつもと変わらない返信だった。

＊

デスクの後ろでプランナーとプログラマーが、雄大が書いた仕様書に文句をつけている。はっきりとは聞こえない。面と向かって言ってこないことに、腹が立つ。けれど、お前が悪いんじゃないのか、ともう一人の自分が言う。

——本当に、お前が使えないからじゃないか？

プログラマーが小さく笑うのが聞こえた。

——我慢しろ、と頭の中で誰かが言う。

自分が、押し殺されそうになるのを感じた。

——そんなはずはない。自分が悪い訳じゃない。俺は悪くない。

雄大はイスから立ち上がる。右手が暴走し、プログラマーの顔を思いきり殴った。

「痛い！」

美景の声で、目が覚める。

そこは会社のフロアではなく、寝室のベッドの上だった。隣で眠っている美景が、肩を押さえている。

右手の手の甲に、痛みがある。自分が、プログラマーではなく、美景を殴ったのだと気づく。

「……ごめん、会社の夢を見て、殴って、ごめん、ごめん」

雄大は彼女にしがみつき、何度も謝った。意識が朦朧《もうろう》としている。美景は雄大の腕の中で体を捻り、向き直る。

「大丈夫、夢だから。明日も明後日も、休みだから」

とんとん、と子供をあやすように、彼女は雄大の背中を叩いた。その安定したリズムを数えていると、次第に眠りの中に落ちていった。

音がしたような気がして、目が覚める。でも、聞こえるのは美景の寝息だけで、寝室は静かだった。あと何時間眠れるだろう、と携帯に手を伸ばしかけ、仕事に行かなくていいのだと気づく。

が、もう眠れる気がしなくて、起き上がる。妻を起こさないようにベッドを抜け出し、キッチンへ向かった。最近、ストックしているココナッツサブレを手に、パソコンに向かう。時計を見ると、深夜三時だった。

休職して、一ヵ月が経つ。

週に一度の通院は、二週に一度になったが、薬が効いているのかどうか、効果は感じられなかった。それよりも、甘いもののほうが、幸せを感じられる。

休職が決まったあの日、家で雄大を出迎えた美景は、思いのほか明るかった。

――社会人になって、三ヵ月も休めるなんて、滅多《めった》にないよ！　やったねえ！

考えてもない言葉に驚いた。それからも、彼女はずっと楽しそうだった。

夜眠れないから、昼間に眠気が来る。ほとんど毎日のように昼寝をしているが、罪悪感が背中に重くのしかかり、思うように眠れなかった。そんなとき、美景も気ままに「私も寝よう」とベッドに倒れこんでくる。その幸せそうな寝顔を眺め、

――もしかして、なんの心配もしてないの？

と、思わず訊ねた。美景は、してない、と枕《まくら》に顔を埋《うず》めたまま言った。

――傷病手当も出るって言ってたでしょ。貯金もまあ、ないことはないし、せっかく一緒に居られるんだから、楽しんだほうがいいよ。こんなにずっと、一緒に居られるなんて、初めてだもん。

そうかな？　と言うと、美景ははっきりと、そうだよ、と言い切った。

言われた瞬間は、そういう気もしてくる。昼間の、カーテンの隙間から光がこぼれる寝室で眠るのは、心地がよい。嫌な夢を見ても、「ゆうちゃん、夢だよ」と美景が起こしてくれる。ずっとこの時間が続けばいいのに、と考えた瞬間、続くはずがないと思い、どんどん焦ってくる。あと二ヵ月したら、会社に戻らなければいけない。そうしたら、また苦しい時間が始まる。

休んだところで、なにも変わらない。そう考え出すと、眠れなくなった。その不安を、ココナッツサブレで誤魔化す。体重はもう、四キロ増えた。

＊

高橋一登から、「出張でそっちに行くから会おうよ」とメールが来たのは、休職して二ヵ月が経ったときだった。

雄大はまだ、誰にも休職していることを話していなかった。せっかく会おうと言ってくれているのに、会わないのは不義理だ。だけど、会ったら絶対に「仕事はどう？」と訊かれる。それなら先に伝えておいたほうがいいだろうと、鬱で休職している、と伝えた。

高橋は「じゃあ、俺の仕事が終わったら、梅田《うめだ》で飯でも食おう。で、家泊めて」とメールをしてきた。了解、と送る。なにも考えないでいいのは楽だった。

リビングへ行くと、美景が夕飯の準備をしていた。雄大は一度、ローテーブルの前に座り、テレビをつけたけれど、居心地が悪く、チャンネルをザッピングした。笑い声ばかりのバラエティや、暗いニュースは嫌だ。ＮＨＫ　ＢＳの『岩合光昭の世界ネコ歩き』が一番いいけれど、今の時間じゃなかった。

ずっと海の中を流してくれる番組があればいいのに、と美景に言ったことがあるけれど、彼女には伝わらなかった。

結局、ＮＨＫを流すと、雄大は立ち上がり、キッチンに立つ美景の隣に並んだ。

「……何か、仕事をください」

雄大が言うと、え？　と驚かれた。

「なにもしてないと、不安になる」

「……じゃあ、ジャガイモ剝《む》いてくれる？」

持っていたジャガイモと皮剝き器を、美景は差し出した。分かった、と雄大は受け取る。

大学生活、最後の半年間だけ、先輩とルームシェアをした。それから結婚するまでずっと一人暮らしだったけれど、料理は全くしてこなかった。キッチンにはタバコと灰皿だけを置いて、換気扇の下でタバコを吸っていた。

美景が包丁でジャガイモを三個剝き終わっても、雄大はようやく一個剝けただけだった。

「……役に立たない」

雄大が呟くと、美景は笑った。

「昨日今日、キッチンに立ち始めた人に負けたくないよ」

うん、と言いつつ、自分は今までなにもしてこなかったんだな、と思う。

結局、美景が他の具材を切り終えるまでに、ジャガイモを一個と、ニンジンを一本、剝いて終わった。

もう大丈夫だよ、と言われて、テレビの前に戻ったけれど、やっぱり落ち着かない。

「……他にすることない？」

訊ねると、えー、と美景は考えた。

「じゃあ、洗濯物が乾いてるか見てきて貰っていい？　乾いてたら取り込んで畳んで。カレーができたらピピさんと遊ぼう」

「分かった」

いろいろやることができた、と雄大は立ち上がった。

＊

高橋と会うのに、美景は一緒に来なかった。

――雄大が一人で大丈夫なら、二人で食べておいでよ。男二人で積もる話もあるでしょ。

そう提案され、分かった、と頷いた。

久しぶりに出た梅田は、人が多かった。スーツ姿のサラリーマンも多かったけれど、いろんな人がいて、オフィス街よりは息がしやすい気がした。

待ち合わせより二十分ほど遅れてきた高橋は、学生の頃と変わらず、飄々《ひょうひょう》としていた。

「ごめーん、ちょっと迷ったわー」

「お疲れー」

高橋がスーツではなかったことに少し安心する。

「で、なに食う？　うまい店知ってる？」

訊ねられて、なにも考えていなかったと気づく。

「……あんまり梅田に出てこないから」

「そうなん？　普段、嫁とかと、どこで飯食ってんの？」

少し考え、

「マックとか、すき家とか?」

と答える。

高橋は、いやー、それはダメだってー、と笑った。

「嫁が可哀《かわい》そうじゃん。誕生日とか記念日とか、ちゃんとやってる? まさかすき家じゃないでしょ?」

「いや、それはさすがに」

言いつつ、先月の美景の誕生日を思い出す。やることがないと仕事のことを考えてしまうと悩む雄大に、「じゃあ、人気があるケーキ屋までドライブに行ってみる?」と美景は言った。一時間ほど走って行った店は行列で、整理券を貰うまで一時間も並んだ。途中で雨が降ってきて散々だった。それで手に入れたケーキはそれなりに美味しかったけれど、これならスーパーのロールケーキでいいと思った。

じゃあ、結婚してすぐに迎えた美景の誕生日には、何をしたのだっただろう。思い出そうとするけれど、頭に靄《もや》がかかっているようだった。

「まあいいや。とにかく適当に入ろう。酒、飲むでしょ?」

高橋が歩き出したので、後ろに続く。通常なら高橋につきあい、一杯くらいは飲むが、

「いや、今、薬飲んでるから、アルコール飲んだらダメなんだよね」

「え? そうなの?」

「でも、高橋は飲んでよ、遠慮せず」

分かったー、と言う彼の目は、もう店を探していた。

高橋が選んだ焼き肉屋は、狭くて、古い建物だった。少しイスを引いただけで、後ろの客と背中が当たりそうだった。

「それで、なにがあったん？　仕事？」

二杯目のジョッキを呷《あお》った後、網で焼いているホルモンをひっくり返しながら、高橋は訊ねた。

「……なにがあったというか」

雄大は網の上で縮れていくホルモンを見つめた。火に焙《あぶ》られて苦しんでいるようだ。

「……このままでいいのかなって、思うんだけど」

このままって？　と言いつつ、高橋はホルモンを口に入れた。

「毎日、会社行って、パソコン作業で、同じことの繰り返しで。サラリーマンになりたかったのかなって」

「サラリーマンじゃなくて、なにやりたいの？」

高橋に訊ねられ、言葉に詰まる。

「……やりたいことがあるって訳じゃないんだけど」

ふーん、と言いつつ、高橋は焼けたホルモンを雄大の皿に置いた。

「あれじゃね？　暇だからいろいろ考えるんじゃね？」

「……今は休めって言われてるから」

「まあ、そうだろうけどさ」

うん、と高橋は咳払いをする。

「こう、責任とかできたら、このままでいいのかとか、悩まなくなるじゃん？　ほら、子供とかできたら、働くしかないし」

「……子供」

雄大が呟くと、うん、と高橋は頷いた。

「うち、嫁が妊娠して、安定期入ったのよ。で、報告しようと思って、今日、声かけたんだけど」

小さくショックを受ける。子供が欲しいと思ったことはないのに。

「まあ、今は休んでさ、元気になったら子供作って。そしたら、やる気もでるんじゃない？」

そうかも、と雄大は相槌を打った。


「いやあ、わりと元気そうでよかったわ」

雄大とアパートにやってきた高橋は、アルコールが入っているのもあってご機嫌だった。

美景が玄関で出迎え、

「心配かけてごめん。お風呂溜めてるから、よかったら入って」

そう言うので、ごめん、と雄大は謝った。

「帰りにスーパー銭湯に寄ってきた。連絡すればよかった」

　大丈夫、と美景は頷く。

「雄大、疲れたんじゃない？　俺に気を遣わないで、眠たくなったら寝なよ」

　高橋が言うので、うん、じゃあそうしようかな、と頷いた。と、部屋の隅に置かれている寝袋が視界に入る。昨日、美景が洗濯してくれたものだった。

「あ、それ、俺の寝袋。布団じゃなくてごめん。一応、洗濯して、陽に当てておいたから。本当に寝袋でよかった？」

「おー、全然平気。ありがとー」

　高橋はポンポンッ、と寝袋を叩いた。

「じゃあ、私もお風呂入って寝るね。おやすみ」

　へーい、おやすみー、と手をあげる高橋に、雄大もおやすみ、と言い、襖《ふすま》を閉めた。

＊

「もう三ヵ月、会社は休みましょう」

　心療内科の担当医に、そう言われた。ほっとしたような、もう三ヵ月休んで何が変わるのかと、問いただしたい気持ちにもなった。

　受付で診断書を貰い、その足で会社に立ち寄り、手続きをした。他の人は働いているのに、自分は家に帰っていいことが不思議な気がした。

昼間の電車は、朝よりは空いている。このままどこかへ行ってしまいたいと思うけれど、どこに行きたいのかは分からなかった。

最近、家にいるときも、イライラすることが増えた。美景の様子が少し、変わった気がする。きっかけは、なんとなく分かるような気がした。

この間、会社から封書が届いた。休職中の社会保険料を会社が立て替えて払っているので、雄大が負担する分のお金を振り込んでくれ、という内容だった。それを見た頃から、美景は仕事を探すようになり、何件か面接に行った。

職種は、様々だった。

バイト情報誌の事務のパート、テレアポの派遣社員、短期の販売員、ゲームのチェック……。あまりにバラバラで、何がしたいんだと苛立った。雄大に「お金がない」とアピールしているのかと問いただしたくなる。

しかも、美景は面接に行く前に、一度、現地に下見に行く。方向音痴だから当日場所が分からなかったらいけないから、と言う。そして、雄大についてきて欲しいと頼む。

携帯のアプリがあるんだから迷わないでしょ？　と訊くと、それでも迷うからと懇願《こんがん》する。

どうしてそれができないのだろう、ということが、美景には多々あった。

今朝もそれで少し揉めた。ゴミ箱にゴミ袋をつけるとき、美景がやると必ず、うまくいかない。だからいつも、入れられるゴミの量が少なくなる。丁寧にやればできるはずなのに、何度言ってもやらない。

それに、ヘアピン。ローテーブルの上に置いたり、洗面台に置いたり、いろんなところに散らばっている。そもそも、片づけができない人だ。いろんなことが、あっちこっちでやりっぱなしになっている。

——普通できるだろう、それくらい。

怒りがこみ上げてくるけれど、それを飲み下す。怒ってもしょうがない。


「おかえりー！」

雄大が帰ると、美景が玄関まで出迎えにくる。と、ピピが肩に乗っているのが見える。

無意識のうちに、はあ、と大きな溜息が出た。

「ピピを出してるならこっちにこないでよ。俺が玄関を閉めてなかったらどうするの？」

「……ごめん」

美景の表情が曇る。そんな風にすぐに謝るなら、もう少し考えて欲しい。

洗面所へ行き、手を洗っていると、どうだった？　と美景が訊いてくる。

「なにが？」

「病院。どうだったかなって」

ああ、と言いつつ、タオルで手を拭く。

「変わりないって。あと三ヵ月休職することになった」

そっか、と呟いた美景は、どこか悲し気だった。そういう顔をしないで欲しい、と思う。責めないで欲しい。放っておいて欲しい。

「……美景は？　どうだった？」

「え？」

「事務のパートの面接結果、来るって言ってたから」

ああ、と美景は頷き、

「ダメだった」

と呟いた。

「そうか」

ぐしゃっと潰れたその表情を見て、意地悪なことを言ったと後悔する。採用だったら彼女からメールで報告があったはずだ。苛立ちを彼女にぶつけてしまった。

「……どっか行く？」

雄大はピピを手に乗せ、リビングへ向かった。美景もそれに続く。

「ピピさんがカゴに入ったら、また、ドライブしようよ。新しい古本屋を探そう」

この二ヵ月ほど、昼間は車でどこかへ行くのが習慣になっている。どこに行きたい、という興味はなかった。それでも景色が変わるのは、気分転換になった。それは美景も同じようだった。

きっかけは、美景が古本屋に行きたいと言ったことだった。何か仕事が欲しかった雄大は、これ幸いと車を出した。毎日のように通ったら飽きてきて、今度は違う本屋を探そうと車を走らせた。

「いいね。そうしよう」

その前に少し休憩、と雄大は座イスに腰を下ろした。こういうとき、ピピがいてよかったと思う。夫婦の間に小さな存在があると、少し空気が和やかになる。

「何か飲む？」

美景に訊かれ、麦茶が欲しいな、と頼む。

休職してから、何度か美景とケンカをした。いや、ケンカにもなっていないかもしれない。雄大が不機嫌になり、美景もまた、それで不機嫌になる。悪循環だった。

――ちょっと寝る。

美景がそう言って寝室に籠ると、雄大も不安定になった。間違ったことを言ったつもりはないけれど、伝え方を間違えたかもしれないと後悔した。美景も寝たい訳ではなく、機嫌の悪い雄大と離れたいのだと分かった。そしてきっと、放っておいて欲しいのではなく、仲直りしたいと思っていることも。

そういうとき、雄大はピピの力を借りた。朝と夕方に二十分ずつ放鳥すると決めたはずなのに、イレギュラーに出して貰えるのでピピも協力的だった。

ピピを手に寝室へ行き、「おかあちゃーん、ピピさんが遊んでって言ってるよー？」とベッドに座る。ピピは「遊んで！」と美景のお腹に飛び乗り、そのまま上に上っていき、美景の顔を盛大に踏みつける。最初こそ雄大を無視していた彼女も、ピピが口の中に足を入れ始めた頃には笑いだし、「お父ちゃんはズルいよねー！　ピピさん出ていい時間だった？」と起き上がるのだった。

　高橋夫妻に子供ができたと聞いたときから、美景はどう思っているのだろうと気になっていた。彼女は子供が好きだった。学生時代に映画を撮ったとき、近くの小学校に頼んで、児童に出演して貰ったことがある。

　——育てるなら男の子のほうがいいかなー。

　子役の子を見ながらそう呟いた彼女に、なんで？　と訊いたら、女の子だったら甘やかしちゃいそうだから、と笑った。

　——男の子には、肝っ玉母ちゃんみたいなことをやっている自分が想像できるんだけど。女の子はどう扱っていいか分からないかも。

　雄大はそれに対して、なんて言っただろう。確か、女の子がいい、と言ったはずだ。男の子だったら自分みたいになりそうだから嫌だ。そんな風に話した気がする。

　——それはそれで、私はいいけど。

　美景がそう笑ったのを思い出す。

　ピピが雄大の肩に駆け上り、耳をつついた。つついている間にどんどんエスカレートしていき、力が強くなっていく。

「痛い！」

雄大が大きな声を出すと、ピピが麦茶を持ってきた美景に飛び移った。

「どうしたの？」

「耳齧《かじ》られた」

見せて、と美景が雄大の左耳を見る。

「ちょっと赤くなってるね」

「……なんで俺の耳ばっかり噛むの？」

雄大が零すと、多分ホクロだね、と彼女は言った。

「あなたの耳は、ホクロがたくさんあるから。餌だと思ってるんじゃないの？　取れなくてイライラするのかも」

それは困る、と雄大は携帯を美景に渡す。

「写真撮って。俺も自分で見たい」

「はいはい」

彼女は携帯を受け取った。構えながら、ちょっと暗いなー、と雄大の耳たぶを触って、角度を変える。雄大は思わず、美景のお腹に抱きついた。

「……どうしたの？　撮れないよ？」

戸惑う彼女に、

「……美景は、子供、欲しい？」

と訊ねる。

卑怯だけれど、表情を見る勇気がなかった。

数瞬、沈黙した後、

「……私は、いらないかな」

そう聞こえた。

「なんで？　男の子が欲しいって言ってなかった？」

うーん、と言いつつ、美景が雄大の頭を撫でる。

「どちらかと言えば、っていうだけで。今は子供を育てるとか考えられないかな」

「……俺が、仕事に行ってないから？」

それは違う、と美景ははっきり言った。

「正直、育てられる自信がないんだよ、私には」

雄大の肩に手をあて身体を離すと、美景は正座して夫の目を見た。

「去年、一年間、暮らしてみて思ったの。ほんの少しパートに出ただけで、家のことがおざなりになって、時間はあるのに体は動かなくて。そこに育児が加わるって、正直想像できない」

「俺が、もっと早く家に帰ってきたら？　欲しい？」

それでも、と美景は言った。

「欲しくない。やりたいこと、あるし」

「やりたいこと？」

彼女は頷いた。

「やっぱり、小説を書きたいよ。自分の本が書店に並んでいるところを見たい。私、器用じゃないから、全部をやるのは無理。……子供を産んで、作家になれなくて、『子供がいなかったら作家になれたのにな』なんて言うような大人にはなりたくないの」

うん、と雄大は頷いた。

「……雄大は？　子供が欲しい？」

雄大は、一瞬固まり、でも首を横に振った。欲しいかどうか考えた時間ではない。欲しくない理由を答えたら、嫌われるかもしれないと怖かったからだ。

「……俺は、あんまり子供が好きじゃないかもしれない」

「そうなの？　そんな風には見えなかったけど」

美景が映画の子役たちを思い浮かべているのが分かった。確かに、折に触れては「あの子たちは今年、何歳になったんだっけ？」と会話に出てくる。彼らと撮影をしたのは楽しかったし、情のようなものもある。だけど、それは、〈彼ら〉だからだ。

「……スーパーとか、ショッピングモールとかで、子供が泣いたり騒いだりしてるのを見ると、イライラしてくる。自分の思い通りにならないからって、そんな風に暴れて、やめてくれって思う」

「それって、怒らない親に対しての怒りじゃなくて？」

違う、と雄大は言う。

なるほど、と美景は言い、雄大の手を握った。そこにピピが飛び乗ってくる。

「ゆうちゃんは、きっと我慢してるんだよ、いろんなことを」

え？　と訊き返す。

「我慢して、がんばってきたから、自由に振る舞う子供にイライラするんだよ、きっと。がんばり過ぎたんだね」

鼻の奥が痛い。

「……そうかな」

「そうだよ。よくがんばった。休もう」

そうだね、と雄大は言い、袖《そで》で涙を拭《ぬぐ》った。

＊

休職して五ヵ月と少しが経った頃、担当医に「来月から復職できそうですね」と言われた。

正直、何が変わったのかは分からなかった。ただ、なにもすることのない日常を繰り返し、もういいか、という心境になった。

アニメ映画『魔女の宅急便』の中で、画家であるウルスラは、絵が描けなくなったときにどうするか、とキキに問われ、「なにもしない」と答えていた。「散歩したり、景色を見たり、昼寝したり、なにもしない。そのうちに急に描きたくなるんだよ」と。飛べなくなったキキは「なるかしら？」と訊ねる。それがまさに、休職するように言われたときの雄大の心境だった。

正直、まだ飛べそうにない。でも、それもまあいいか、と思うようになった。なるようにしか、ならないのかもしれない。

電車に乗り込むと、美景に「乗ったよ」とメールを送った。家の最寄り駅で待ち合わせて、一緒にスニーカーを買いに行く約束をしていた。「了解」と短い返信がある。

来月から、美景もパートで働くことになった。大学の売店スタッフで、平日の仕事らしい。その上、大学が休みになる夏や春に長期休暇がある。雄大と休みがあうし、長期休暇があれば、そこで集中的に小説を書けると思うと彼女は喜んでいた。

――そこの売店は、書店の外商が経営してるんだって。だから、小さい店でも書籍が結構置いてあるんだよ。

美景は採用の電話を貰ったあと、そう話していた。

――私が大学のときにコンビニでバイトしていて、卒業後は書店で働いていたっていうのが採用の決め手だったんだって。売店は食品も、書籍や雑誌も置いてあるから。全部扱ったことがある人は他にはいなかったって。

喜ぶ妻に、じゃあお祝いにスニーカーを買いに行こうと、雄大は提案した。彼女が履いているスニーカーは、小指のあたりが擦れていて、穴が空きそうだった。

階段を下りて改札に向かうと、美景の姿が見えた。彼女も気づいて、こちらに手を振る。

「おかえりー」

「ただいま。じゃあ、行こうか」

雄大はそう言い、美景の手を取った。最近、運動不足だから歩きたいという彼女と、ショッピングセンターまで三十分、歩こうと話していた。

「何色のスニーカーにしようかなあ」

足元を見ながら、彼女は呟く。

「何色でもいいから、足が痛くならないのにしなさいよ」

「えー、色は重要では？」

反論する彼女に、もしかしてファッション性を求めてる？　と雄大は訊ねる。

「そりゃあそうでしょう、見た目、重要でしょう」

雄大は首を横に振る。

「靴は履き心地が大切です」

えー、と口を尖《とが》らせる彼女は、そう言いつつ、楽しそうだった。ようやくパートが決まったことに、ほっとしているようだった。

「……今日、病院で、よくなってきてるって言われたよ。来月から復職できそうですねって」

「そうか。……よかったね」

言葉を選んでいるのが分かる。喜んでいいのか、――夫は会社に行きたくないんじゃないか、そう考えているのが、手に取るように分かる。

「大丈夫。いきなりフルタイム勤務になる訳じゃないから」

雄大は美景を励《はげ》ました。

「復職して、産業医がもう大丈夫って言うまで、時短になるみたいだし。急に前みたいに残業、残業ってなる訳じゃないし。プロジェクトも替わるし、大丈夫だよ」

そうだね、と彼女は笑った。

＊

散々悩んだ結果、美景が選んだのはアシックスの黒いジョギングシューズだった。色や型は違うけれど、雄大が普段履いているのもアシックスだ。社会人一年目に、高校時代の友人に誘われてＮＡＨＡマラソンを走った。それ以来、ずっとアシックスを愛用している。

——立ち仕事だから、歩きやすいのがいいなと思って。ゆうちゃん、ずっとアシックスでしょ？　そんなにいいのかなあって、ずっと思ってたんだよね。

美景が初出勤する日と雄大が復職する日は、偶然にも同じ日だった。それ以来、七時五十分に同じアシックスを履いて、一緒に家を出ている。

「それじゃあピピさん行ってきます！」

美景に続いて、雄大も、行ってきます、と声をかける。

最近ピピは、かなり頭がよくなった。朝の放鳥時間が過ぎてカゴに入れようとしても、まだ遊ぶ、と言うことを聞かない。すぐに手をすり抜け、カーテンレールやキッチンに飛んで行ってしまう。こうなったら奥の手を使うしかないと、雄大はピピを指に乗せたまま、部屋の隅へ行き、さっ、と壁と体の間にピピを追いやり、捕まえるのだった。

仰向けに捕まえられたピピは、やられたー、と騒ぐ。それを雄大と美景で頬をぐりぐり撫でて、カゴに入れるのはお決まりの流れになっていた。

駅まで並んで歩き、改札を入ったところで別れる。いつも美景が「いってらっしゃい！」と言い、雄大が「いってきます」と答えた。お互い別の電車に乗り込む。

ドアの窓から流れる風景を眺めつつ、うまくいっているはずだ、と雄大は思う。休職する前と違って、頭は随分スッキリしている。

病院には一ヵ月に一度通院して、薬を飲んでいる。とはいえ、病院でなにか問題が解決したとか、新たな発見があったとか、具体的に何かを明示された訳ではない。ただ、立ち止まり、考える時間はたくさんあった。そして、嫌というほど眠った。それだけだ。

それに、役に立ったといえば、美景と行った古本屋で買った本かもしれない。なんとなく気になって、パラパラと文庫本を捲るとそこに、

――無理をしない。


と書かれてあった。

人間は変化するものに抗《あらが》おうとする。だから辛くなる。今までだったらできたはずなのに、あの人はできているのに、と過去の自分や他人と比べるからしんどくなる。それをやめろ、と

いうようなことが書かれてあった。

著者紹介を見ると、それを書いたのは住職だった。気になって「これ買う」と美景に言うと驚かれた。雄大が本を衝動買いするのは、珍しかった。

今もリュックの中に入れている。

――無理をしない。

復職して半年。ずっとこれを、呟いている。

デスクでメールのチェックをしていると、新しい上司の新見《にいみ》が出勤してきた。おはようございます、と挨拶すると、おはよう、と返ってきた。

新見は今、四十歳くらいだろうか。基本的に草食系といった印象で、ガツガツしたところがなかった。雄大が休職していたからなのか、それとも、もともとそういう姿勢なのか、残業して当たり前、遅くまで仕事している人が偉い、という雰囲気を持っていない人だった。

――仕事がないから、当たり前か。

自嘲《じちょう》気味に笑う。

入社してからずっと、コンシューマーと呼ばれる家庭用ゲーム機のソフトを開発するプロジェクトに配属されていた。一年目に配属されたタイトルは、ゲームに疎《うと》い美景ですら知っていたナンバリングタイトルだった。

スタッフロールに雄大の名前が流れるのを見たい、と美景は言い、発売日当日にゲーム機とソフトを買ったと写真が送られてきた。一体、いくら使ったんだ、と雄大は心配になった。だけど、『ぷよぷよ』や、『テトリス』くらいしかしたことのない彼女にはクリアできないだろうと思っていた。が、一ヵ月後に、「雄大の名前を発見したよ！」と、写真を撮って送ってきた。

攻略本が書店に並んだとき、「自分の名前も載ってるんだ」と商品を手に取り彼女に見せた。そのとき、「私より先に本が書店に並んだ！」と悔《くや》しがりつつも、喜んでくれた。

——それなのに、今はどうだ。

応援してくれていたのに、と喉が詰まる。

半年休んでいたから肩慣らしにと配属されたのは、かつていた日の当たる場所とは違った。

夢から遠のいた、と雄大は思う。かつて想像していた二十九歳とは、かけ離れている。

将来ああなりたくないと思った先輩たちと、自分の夢との決定的な違い。それは、「自分が考えた企画をディレクターとして作る」ということだった。自分の作品を、会社のお金を使って作りたかった。

一年目に研修についてくれた先輩に、「うちのゲームの、どのタイトルのプロジェクトに入りたくて入社したの？」と訊かれ、は？　と思った。とりあえず、なんとなくタイトルを言ったけれど、その質問に幻滅した。

——この人は、今あるタイトルの仕事をすることしか考えてないんだ。

ぞっ、とした。

二年目に配属されたプロジェクトでは、ゲーム雑誌に名前や顔が載っているようなベテランのディレクターの下につかせて貰った。その人は、入社試験のときに雄大が提出した卒業制作の映画も、観てくれていた。

――ゲームばっかりしてちゃダメだからな。いろんなことを経験しないと。その点、佐久間はおもしろいよ。映画撮ったり、会社から自転車で帰ったり。

そう言っていた上司は、会社を辞めて、転職していった。

自分も動いたほうがいいのだろうか、という焦りと、また辛い日々に戻りたくないという不安に挟まれている。

「無理をしない」

雄大はそう、呟いた。

六時きっかりに退社し、駅へ急ぐ。電車を待っている間に、「終わったよー！」と美景にメールを打った。彼女も今頃、最寄り駅に着いている頃だった。

雄大が帰宅し、シャワーを浴びて出てくると、ご飯が用意されてある。一緒にご飯を食べ、ピピと少し遊び、テレビを見る。平和だった。これこそ新婚生活という日々を、二年遅れて過ごせている。

ずっとこのままでいいのかもしれない。これこそが、ずっと望んでいた心穏やかな生活なのだ。

電車に乗り込むと、珍しく、一番端の席が空いていた。リュックを下ろして、膝に抱えて座る。

と、メールが届いた。美景から「お疲れ様！」。そしてもう一件、届いている。

――明日、同期で飲みに行くんだけど、佐久間も来るだろ？

同期会の誘いだった。結婚前はわりと頻繁に顔を出していた。が、雄大はアルコールが苦手だったからいつも素面《しらふ》で、周囲のテンションにもついていけなかった。そしてなにより、割り勘だから、飲めない雄大はいつも驚く額を払っていた。こんなに飲み食いしていない。

ああ、と、頭を掻《か》きむしる。復帰して以来、何度も連絡が来るけれど、その都度、断りのメールを送っている。どうしてみんな、飲みに行きたいのだろう。会話が弾んだことなんて、一度もない。

雄大は、無理をしない、と呟き、メールを打った。

――誘ってくれて有り難いのだけど、まだ元気が出ないので、俺抜きで行ってください。

ポケットに仕舞おうとした途端、また携帯が鳴った。画面を見る。

――いつまで元気がない、元気がないって言ってんの？　もうそれ、聞き飽きたんだけど。

雄大は言葉を失い、しばらくその文面を眺めていた。返事を書かなければいけないだろうか、それとも――。

「ちょっと？」

頭上から声が降ってきて、はっ、と顔を上げる。と、化粧の厚いばあさんが、こちらを覗《のぞ》き込《こ》んでいた。

「おばあさんが立ってるんですけど？」

だからどうした、と言う言葉を咄嗟《とっさ》に飲み込む。言わんとしていることを理解し、感情を押し殺して席を立つ。顔を見るのも嫌で、そのまま車両の逆サイドの端に逃げた。

ばあさんは礼も言わず、連れのばあさんに「あなたが座って、私より歳なんだから」と大きな声で世話を焼いていた。それを聞いた隣の席の女性が、ここどうぞ！　と立ち上がる。

あら、ごめんなさい、悪いわねえ。――思ってもないことを、さらりと言うばあさんに苛立つ。そして、なぜ自分には礼を言わなかったのか、そもそもどうして自分に声をかけたのか、と疑問が湧いては、怒りの燃料になる。シルバーシートに座っていた訳でもないのに、どうしてあんな言われ方をしなければいけない。

――だから人間が嫌いだ。自分のことしか考えていない。

雄大は駅に着くのを、じっと待った。

結局、家に着いたのは、十九時半だった。予定より三十分遅くなった。駅に着くなり、近くのコンビニの喫煙コーナーに行き、タバコを吸い、帰りにスーパーに寄ったからだった。せっかく禁煙していたけれど、復職してまた吸いはじめてしまった。

散々な日だった、と思いながら、自分の器が小さいのだろうか、とも思う。

——元気が出ない。

それは本当なのに、自分が甘えているような気持ちになるのは、同期のメールが刺さっているからだった。

今日こんなことがあった、と一連のことを、ご飯を食べながら、ポツリと美景に話す。同期から来たメールを消さなかったのは、美景に見せようと思っていたからだった。

「何それ、何様なの？　そいつ！」

美景が口に入れたご飯を喉に詰まらせながら叫ぶ。驚くほどに怒った妻に、落ち着いて、と雄大のほうが冷静になった。

「元気がないから元気がないって言って、何が悪い！　仕事はちゃんとしてるんだろうが！　なんで定時後にお前とつまらない飲み会に行かなきゃいけねえんだよ！」

雄大の携帯を握りしめる妻の手は、わなわなと小刻みに震えている。

「お前がおもしろいやつだったら行ってるわ！　お前がつまらない人間だからわざわざ行きたくねえんだよ！　それを分かれよ、バカ！」

一気に捲《まく》し立《た》て、美景が大きく息を吸った。

「……本人に直接言わないけどね！　大人だから！」

そうだね、大人だからね、と言い、美景から携帯を奪い取る。このまま放っておけば、同期にメールを打ち、送りつけそうな勢いだった。

「あなたはどうして、そんなにたくさんの罵詈雑言《ばりぞうごん》を思いつくの？」

雄大が訊ねると、

「……私のこと、バカにしてる？」

と、眉間に皺を寄せて訊き返され、いや、と慌てて首を横に振る。

「すごく早くいろんな言葉が飛び出して凄いなあ、と思って」

美景は首を捻って、怪訝そうにこちらを見る。雄大は、そうだ、と誤魔化し、リュックからスーパーの袋を取り出した。

「これ、お土産《みやげ》。食べる？」

ココナッツサブレを手にして、

「……あとでね」

と美景は座卓の上に置いた。

味噌汁《みそしる》を飲みながら、人のことでどうしてそこまで怒れるんだろうなあ、とまだ怒っている妻を眺める。学生時代の友人から、ちょくちょく美景には電話がかかってくるが、大抵その内容は、悩み相談や愚痴らしい。そして、彼女はいつだって、自分のこと以上に激怒している。

そんなに真剣に、すべてに接していたら、疲れて仕方がないだろうに、と思う。

とはいえ、自分以外の人に、ここまで貶《けな》して貰うと、いや、そこまで言わなくても、とフォローに回りたいような心境になるから不思議だった。


目が覚めて、携帯で時刻を確認する。二時。また朝まで眠れなかった。そして、頭は冴えてしまっている。

ベッドを抜け出し、パソコンを立ち上げる。ネットの世界をうろうろしながら、ココナッツサブレを齧る。復職して更に十キロ増えた。お腹が丸く、全体的にむちむちしてきた。学生時代の恩師も、こんなお腹だったな、と思い出す。

寝室のドアが開く音がした。美景がトイレに行く。深夜にお菓子を食べているのを見たら、なんて言うだろうか、とぼんやり思う。

パソコンが置いてある部屋に入ってくると、

「……眠れないの？」

と美景は訊ねた。

「……お腹が空いて目が覚めた。食べる？」

雄大がココナッツサブレを差し出すと、食べる、と言い、雄大の足元に座った。美味しいねえ、と彼女も呟く。あとは、サブレを齧る音と、パソコンの唸り声が部屋に響いている。

お腹に落ちたサブレの粉を払いながら、

「お腹が丸くなった」

と雄大は呟いた。

美景は、本当だねえ、と笑った。

「中には何が入ってるの？」

お腹を撫でながら訊ねる彼女に、幸せ、と雄大は答える。

「ここには幸せが詰まってるんだよ」

「じゃあ、相当幸せだね、あなたは」

美景は悪そうな笑みを浮かべながら、そう呟いた。夫が太っても気にならないらしい。

ふいに、母親のことを思い出す。

あれは、雄大が中学生だったか、高校生だったか。何かに腹を立て、行き場のない怒りを自分の部屋の壁にぶつけた。まさか壁に穴が空くとは思わなかった。

両親が働いて買った家だ。怒られてもしょうがないと、腹を括《くく》っていた。

が、母は怒らなかった。

学校から帰ってくると、壁にはマジックペンで〈雄大、怒りの鉄拳《てっけん》〉と、日付と一緒に、穴の横に書かれてあった。

そう言えば、と数珠繋《じゅずつな》ぎで記憶が蘇《よみがえ》る。

大学の卒業式のとき、美景も怒らなかった。

一単位落としたため、雄大は半年留年してからの卒業になった。だから、その場に彼女はいなかった。——あの日、式の後、雄大は教授を殴った。

尊敬していた教授が、雄大が二回生のときに退任され、後任となった教授は、いつもアルコールの匂いをさせているような人だった。学生に飯を奢《おご》れば人気がとれるんでしょ、とでも言いそうな、尊敬するところのないやつだった。

そいつに、留年が決まったとき、「早く学校から出て行ってよ」と言われた。実家から通うのに往復四時間掛かるため、大学のスタジオに寝袋を持ち込み、寝泊まりしていたことを、よく思っていなかったらしい。研究室で酒盛りをするだけで、映画の一本でも映画館で上映したことのない映像クリエイターに、言われたくなかった。

卒業証書を貰って、もう関係ない、と思った瞬間、雄大は教授を殴った。それ以上やめろと、とめてくれたのは、一回生のときからの知りあいである機材庫の管理人だった。

あの日、美景が働く店に行き、「佐久間雄大、本日、無事に、卒業しました！」と敬礼したとき、管理人から教授を殴ったことを知らされていたらしい。

そして彼女は、その上で、「よくやった！」と言ってくれたのだった。

美景は、そういう自分のことも、いつも認めてくれるのだ。

第三章

「佐久間さんが来てくれてよかったよー」

レジ横に座って峰岸《みねぎし》店長が胃薬を飲みながら言うので、美景はおにぎりの注文書から視線を上げた。

「まだ、なにもできませんけど」

そう答えると、峰岸は、そんなことないよ、と言った。

「前の二人は、本当に大変だったから」

胃薬の空袋を手にしてそんなことを呟かれると、本当に大変だったのだろうと、同情した。

峰岸の話によると、美景の前に勤めていたおばちゃん二人はオープニングスタッフだったらしいが、折り合いが悪く、勤め始めて二ヵ月で辞めたらしい。辞める前に三回ほど、一緒にシフトに入った。が、二人が仲違《なかたが》いして辞めたと聞き、納得した。美景とは話すのに、二人が一言も話さないので、何かあったのだろうとは思っていた。

「学生が店にいるのに、レジで怒鳴り合いのケンカを始めたらしくて。お客さんの中に教授がいて、教えてくれたときは、本当に驚いたよ」

それは大変でしたね、と言いつつ、松本のことを思い出す。彼の場合はキッチンで裏方だったから、お客様の目には触れていない。声もきっと、聞こえていなかっただろう。なにしろパーク内は大きな音で明るいＢＧＭが流れていた。

それでも、パートのおばさんを怒鳴りつけたと、見知らぬ人から聞かされたら、松本のことを怖い人だと思うだろう。でも、それだけではない、と知っているから、未《いま》だにどこか気にしている。

売店の二人のおばさんもそうかもしれない、と思う。きっと、なにか事情があったのだろう。

「あ、今日、書籍も届きました。多分、教授が校費で注文されていたものだと思うんですけど」

美景がレジの下から段ボール箱を引きずり出すと、あ、ほんと？　と峰岸が覗き込んだ。

「本当だ。じゃあ、今日店が終わってから、ついでに納品してこよう」

そう言い、また、レジ横の丸イスに座った。

峰岸は売店の店長という肩書もあるが、そもそもは書店の外商をしている営業所の所長だった。年齢は五十歳、と言っていた。前のパートのおばちゃん曰《いわ》く、華の独身貴族、らしい。

「佐久間さん、学生のときに映画撮ってたんだよね？　何が好きなの？」

ゆったりとペットボトルのお茶を飲みながら、峰岸は訊ねた。営業に行かなくていいのだろうか、と思いつつ、

「三谷幸喜《みたにこうき》が好きです。でも、映画より、ドラマのほうが好きですね。脚本だけされているほうが好みかもしれないです」

美景が言うと、え？　と峰岸が驚いた。ペットボトルからお茶が少し飛び出て、床が濡《ぬ》れる。

「三谷幸喜脚本のドラマの中で、何が一番好きなの？」

重ねて質問してくる峰岸に、

「……『王様のレストラン』が一番好きですね」

と少し考えて、返答した。

「僕も同じ見解だよ。三谷幸喜のピークは、『王様のレストラン』だと思ってるから！」

興奮した様子の峰岸は、何度も大きく頷いている。

「そうかあ。まさかこんなところで、同じ考えの人と出逢えるとはなあ。旦那さんは？　何が好きなの？　三谷幸喜が好きなの？」

「いや、全然。特撮とかＳＦとか、ジブリとか、押井《おしい》守《まもる》とか、エヴァとか……」

ええ？　と彼は、それよりも大きな声を出した。

「押井守と、エヴァが好きなの？　特撮も？　なるほどなあ！」

何がなるほどなのだろうと窺《うかが》っていると、

「俺も好きなんだよなあ。ってことは、ジブリで好きなのは、ナウシカとかラピュタとか？」

「そうですね。あと、『紅の豚』が、夫は一番好きです。私は魔女宅ですけど」

「そうだろうなあ。いや、俺はナウシカを大学生のときに劇場で観たんだけど、あれで人生が狂ったんだよなあ。観てなければなあ」

頭を抱える峰岸は、言葉とは裏腹に、どこか嬉しそうな表情だった。宮崎駿《みやざきはやお》に狂わされた人生とはなんだろう、と不思議に思う。

「えー、じゃあ、特撮だったら、旦那さんは何が好きなの？」

「ゴジラですね。間違いなく」

あー、なるほどそっちねえ、と彼は独りごちた。

「じゃあ、ガメラは？　ガメラのことはどう思ってるか聞いてきてよ」

分かりました、と言い、美景はおにぎりの注文書に目を戻した。

駅の階段を駆け下りる。今日は峰岸がレジ閉めをしてくれるというので、お願いした。おかげで一本早い電車に乗れそうだった。

階段を下り切ると、ちょうど電車がホームに入ってきた。美景は電車に乗ると、座席に座り、一息つく。そんなに大した仕事はしていないのに、かなり疲れている。

売店の仕事は、朝、開店前におにぎりやパンなどの食品を受け取って、検品し、陳列する。雑誌や書籍もあるが、数が少ないのですぐに終わる。その後、レジを開け、時間が来たらオープンし、レジを打ちつつ、翌日の発注や、納品書の整理をする。五時が来たら店は閉店。峰岸が店に来ない日は、美景がレジ閉めをして、本社に売り上げの報告をして、店を施錠してすべての業務が終わる。

働き始めて、八ヵ月とちょっと。これらをすべて一人でやっているけれど、気持ちは楽だった。

授業の合間や昼休みは、かなり混雑するし、レジもかなり列ができる。が、逆に授業中はほとんど客が来ない。だから、レジ以外の仕事が自分のペースでできた。

営業で近くに来る日は峰岸が立ち寄り、ピーク時だけレジを手伝ってくれるけれど、正直今では、美景のほうが早い。

――でも、このままっていう訳にはいかないからさ。今、昼休み、とれてないでしょ。

峰岸の言う通り、店のピークが過ぎた頃に、誰もいないときに菓子パンを齧っている。トイレに行くときは〈すぐ戻ります〉と貼り紙をして店を閉めて行っていいから、と言われているので、そうしている。

募集はかけているけれど、なかなかいい人がいないから、と峰岸は言っていた。もう前のときと同じようになったらいけないからさ、と。

最寄り駅に着く頃、携帯のアラームが鳴った。なんだったかな、と思い、画面を見ると、「牛乳と食パンを買って帰る」と書いてある。そうだ、朝、ないと思って、アラームをセットしておいたのだった。やっぱり忘れていた。

朝の自分に感謝しつつ、牛乳と食パンを買って帰る。玄関の前で鍵を出そうとして、リュックのポケットを開ける。……鍵がない。

あれ？　と慌てて、リュックを開ける。水筒やタオル、すべての物を取り出し、探すけれど、見つからない。

今日、一日の行動を思い出す。最後に鍵を触ったのはいつだったか。朝、お店を開けたときだ。店の鍵と家の鍵は、一緒のキーケースにつけている。――そして、その後、エプロンのポケットに入れた。トイレに行くときに、施錠するために。

「ああ！　エプロンのポケットだ！」

美景は頭を抱えた。いつもは、店を閉めて帰るから、エプロンに忘れていたらそのときに気づく。だけど、今日は峰岸が閉めると言ったから、美景はそのまま帰ったのだった。

「……どうしようか」

腕時計を見ると、ちょうど六時を回ったところだった。雄大は定時で帰ってくるので、あと一時間潰せば、家には入れる。

だけど、問題は明日の朝だった。

基本、店を開けるのは、美景一人だ。

取りに戻ろうか、と思ったけれど、もう峰岸は店を閉めて帰っているかもしれない。そうしたら、結局、店に入れず、鍵を持ち帰ることはできない。

すべてを考え終え、まず峰岸に連絡しないことにはなにも始まらない、と納得する。

携帯で彼の電話番号を呼び出し、コールする。

「もしもし？　佐久間さん？　どうしたの？」

峰岸は穏やかな声で電話に出た。

「すいません。実は店の鍵をエプロンのポケットに入れたまま忘れて帰ってしまったみたいなんです」

え？　と、さほど驚くでもなく、峰岸は呟いた。

「あー、あった、あった」

そう言われ、まだ店にいるのだと知る。

「すいません。鍵がないと明日の朝、店を開けられないと思って」

美景が言うと、

「ああ、そっか。じゃあ、朝は僕もそっちに寄って、鍵を開けてから営業に行くよ」

なんでもないことのように言った。

「すいません。お時間大丈夫ですか？」

「大丈夫、大丈夫。それより、これ、家の鍵もついてるんじゃないの？　そちらこそ大丈夫？」

美景は、はい、と頷いた。

「夫がそのうち帰ってきますので。家のほうはなんとかします」

はーい、それじゃあ、と峰岸は電話を切った。もっと怒られるかと思った、と安堵する。峰岸はわりと、何にも動じない。

美景は雄大にメールを打った。

――店の鍵と一緒に、家の鍵もエプロンのポケットに入れたまま、忘れて帰ってきてしまいました。今日も定時で帰れますか？

と、雄大からすぐに返信があった。

――ちょうど、今から帰ります。近所のファミレスででも、時間を潰していてください。俺もそっちに行くので。

こちらももっと怒るかと思ったけれど、そうでもなかった、と胸を撫で下ろす。

荷物をまとめて、アパートの階段を下りる。徒歩五分ほどのファミレスへ行くと、あとでもう一人来ます、と店員に告げ、喫煙席に案内して貰った。多分、雄大は吸いたいだろう。

夕飯は夫が着いてから一緒に食べようと、ひとまず、ドリンクバーを頼む。ウーロン茶をテーブルに持ち帰り、喉を潤《うるお》すと、ようやく落ち着いた。

母の言っていたことは、あながち間違いではないのかもしれない、と美景はここ最近、思い始めた。

――あんたがもっと、ちゃんとした、しっかりした子なら働けるわよ。働きたいわよ。

つい数ヵ月前まで、あの母の言葉は、働きたくない彼女の言い訳だと思っていた。が、本当に自分は他の子と比べて手のかかる子供で、母は働くどころではなかったんじゃないか、と自分を疑い始めていた。

子供の頃のことを、はっきりとは覚えていない。だけど、雄大にこれほどまでに「ズボラだ」、「不精するな」と怒られるのは、自分が〈普通〉ではないからなんじゃないか。

雄大はA型で、美景はO型。血液型で性格が決まるとは思っていないけれど、夫はA型だから細かい性格なんだ、と、なんとなく思っていた。

結婚する前から、雄大は些細なことが気になる人だった。

一番自分とは違うと驚いたのは、CDの音飛びを、何度も何度も再生し直して確認したときだ。確か、車でどこかに向かっている途中だった。自分でダビングしたCDが一瞬、音飛びしたと言い、気づかなかった？　と美景に訊いた。

気にならなかったけど、と答えると、嘘《うそ》でしょ、と言い、コンビニの駐車場に車を停めた。

——ほら、ここ、ここ、ここ！　分かるでしょ？

何度も巻き戻しては、同じ箇所を再生し、音飛びを美景に聴かせる。確かに、言われてみれば、一瞬、音が飛ぶ。が、そこを過ぎれば普通に聴ける。

——そこを巻き戻さなければ、気にならないのでは？

美景がそう言うと、信じられない、という顔をした。

でも、もしかしたら、自分が気にならないだけで、世の大半の人はそういうことが気になるのかもしれない、と思う。

母と雄大が言っていることが、全く同じなのだ。

――使いっぱなしにしない！

――すぐに物をなくす！

――後回しにしない！

――忘れるならメモしなさい！

言われたときは、そうだった、と思う。でも、次は忘れる。なんだったら、メモしたこと自体を忘れる。夫は、携帯はいつだって持ち歩くのだから、そこにメモしたら忘れないと言うが、美景にとって、目に見えていないものは、ないも同じだ。携帯のどこかにメモしたことを、まず忘れる。だから、買い物のメモなどは紙にして、ローテーブルの上に置いてあるが、時々、買い物に持っていくのを忘れる。

みんなそんなものだろうと思っていた。が、それが違うのかもしれない、と自分を疑い始めている。

実はエプロンのポケットに鍵を忘れたのは、これが初めてではない。まだ美景一人ではレジ閉めをできなかった頃、同じようなシチュエーションで、一度、忘れた。そのときは、翌朝も峰岸が店に来ると知っていたので、なんとかなった。

思い起こせば、結婚前、書店で働いていたときも何度かある。店の鍵ではなく、倉庫の鍵で、使ったあとに所定の位置に返すのを忘れ、同じくエプロンのポケットに入れたまま、家に帰った。その後、はたと気づき、店に電話して、自分のロッカーを勝手に開けて貰って構わないので、戻しておいて貰えないかと伝え、謝った。

——もしかして、自分は今まで気づかないまま、いろんな人に迷惑をかけてきたんじゃないか。

そう考えると、ぞっ、とした。気づくのが遅過ぎる。もう二十九歳になったのに。

ファミレスのドアが開く度に、美景はそちらに視線を送った。雄大かもしれない。しかし、その度に、違った、と思う。

一人でいると、頭の中でずっと誰かが会話をしているようで、落ち着かない。五度目にファミレスのドアが開いたとき、雄大の姿が見えた。

「お疲れー」

雄大はリュックを肩から降ろしつつ、向かいに座った。

「お疲れ様。ごめんね、焦らせて」

美景が謝ると、

「いや、ちょうど帰るところだったから大丈夫」

と言った。

雄大はカルボナーラとサラダ、美景はエビフライ定食を頼んだ。料理が来るのを待つ間に、明日は峰岸が鍵を開けるために店に寄ってくれることになった、と話す。

「よかったね。でも、所長がそんなにしょっちゅう、店に寄って大丈夫なの？　売店の売り上げ、そんなにないんでしょ？」

雄大が言うので、うん、と頷く。

「でも、売店の売り上げは期待してないんだって」

美景は、峰岸に聞いたことをそのまま話す。

「どういうこと？」

「売店を大学の中で出すことになったきっかけが、学校側から打診されたからなんだって」

そもそも峰岸は、この大学に書籍の営業に行ったらしい。そのときに、大学内に売店を出してくれるなら、教科書販売はすべて峰岸の営業所に任せる、と交換条件を出されたのだ。

「教科書販売の期間に買いに来なかった学生がいても、売店があれば、そこに買いに行けって言えるから、っていうのもあるらしいけど」

けど？　と、雄大は訊ねる。

「大学をＰＲするときに、売店もありますよ、本も置いてますよ、って言いたいのもあるみたい。これまでに何度も、訊かれたことがあるらしくて」

「なるほどねー」

雄大が頷いたとき、店員が頼んでいた料理を運んできた。


ファミレスを出るとき、手にしたスーパーの袋に牛乳が入っているのに気づいた。もう二時間くらい常温で持ち歩いているけれど、これは飲めるだろうか。

支払いを終えた夫に、どうした？　と訊ねられ、なんでもない、と言う。

二人で歩いていると、平日に揃《そろ》って外食をするなんて、結婚したばかりの頃は考えられなかったな、と思う。

半年の休職を経《へ》て、雄大は会社に復帰した。心療内科への通院や服薬はまだ続いている。それでも、よかったと思うのは、産業医の指導もあって、医者の許可が出るまで、絶対に定時で上がるように言われていることだった。仕事内容も考えられているようで、無理な仕事を押しつけておいて、定時で上がれなんて言うことは、一切ないようだった。

「お、なんか届いてるよ」

雄大は郵便受けを覗き、封筒を手渡した。

学生時代の先輩からの手紙だった。

「結婚が決まったって！　また招待状を送ってくれるって！」

暗かった気持ちが、少し上を向く。便箋を、雄大に見せると、

「おおー！　よかったなあ！」

夫も大きく頷いた。

荷物を置くと、さっと風呂に入ってくる、と雄大は浴室へ向かった。と、数秒して、「ちょっと来てー！」と呼ばれる。

「なに？」

美景が覗くと、素《す》っ裸《ぱだか》になった雄大が洗面所で体重計に乗っている。彼は嬉しそうに「見て！　見て！」とそれを差す。

「九十八キロになった！　あと二キロで百キロ！　凄くない？」

うーん、と言いつつ、雄大を眺めた。日に日に丸くなっていく夫の身体は、熊《くま》のようで可愛らしいが、健康診断の結果はよくないと聞いていた。

「まあ、可愛いとは思うけど」

美景が答えると、

「俺、百キロになったら、ダイエットするから！」

とにこやかに言った。

「え？　百キロになったら？　二キロわざわざ増やしてから痩《や》せるの？」

「そう！」

え？　なんで？　と怪訝に思って訊ねると、

「だって、人生で百キロになるなんて、滅多にないから！　普通は内臓壊して、その前に痩せるから！　だから百キロになったら記念に写真撮って、痩せる。結婚式にも出なきゃいけないしね」

どこか楽しそうな雄大に「がんばってください」と言い、洗面所のカーテンを閉めた。

リビングへ行くと、暗闇の中、ピピが呼ぶ声がした。

「あー、ごめん、ピピさん！」

リビングへ行き、天井の照明をつける。ピピは目を瞬きながら、止まり木からカゴに飛びついた。

「ただいまー。ごめんね、遅くなった。また明日の朝、遊ぼう」

カゴに遮光カバーをかけ、言い聞かせる。

牛乳を冷蔵庫へ入れて、中身を確認する。明日のお弁当は簡単に焼きそばにしよう。もう今から仕込む元気はない。

美景はチラシの裏にマジックで大きく、「やきそば！」と書いて、冷蔵庫に貼った。翌朝寝ぼけているはずの自分へのメッセージだ。

先輩からの手紙を見つめ、高橋も来るのだろうか、と考えると、美景の気分は落ち込んだ。あの人は我が家の現状を知ったら、なんて言うだろう。

一年ほど前、高橋が雄大に会いにきたとき、美景が一緒に夕飯を食べなかったのは、結婚式の二次会のときのように、嫌味を言われたくなかったからだ。本人は自覚があるのか、無意識なのか、美景の弱点をついてくる。

でも、結局、家に泊まりに来たとき、彼は大きな爆弾を落として帰った。だけど、そのおかげなのかもしれない。今、こうやって、パートに行けているのは。

家に泊まりに来た翌朝、美景が朝食を作っていると、すでに起きていた高橋は、

——ハードカバー派？

と訊ねた。

なんのことだろうとキッチンから振り返ると、高橋が美景の本棚を眺め、一冊の本を手にしていた。え？　と訊き返すと、

――いや、俺、文庫派だから。それか古本。新刊のハードカバー買うことは滅多にないわ。

金持ちだねー。

そう言い、中を見ることなく、本棚に戻した。

文庫も古本屋も利用する。図書館だって。そうでなければ、やっていけない。

それでも、新刊を待ち望む作家の作品は、発売日に書店で買うと決めていた。逸《はや》るのを抑えきれないのもあるが、次の作品を読むための投資でもある。私はこの作家さんの本を発売日に買うファンです！　次もたくさん仕入れてくださいね！　細やかな書店へのアピールだ。

が、美景はそういう説明を高橋にする気にならなかった。きっと彼は、こちらの言葉なんて聞くつもりはない。

――今は？　何してるの？　どこで働いてるの？

高橋は、また一冊コミックを抜いて裏を見た。百円と書かれた値札が視界に入り、美景はなぜか、ほっとした。

「今は、働いてない」と言うと、高橋はコミックをパラパラと捲り、視線を落としたまま、

――だからじゃないの？

と言った。

――お前が働かないから、雄大はプレッシャーになって、病気になったんじゃないの？

そうなのだろうか、と考えていると、雄大が起きてきて、話は終わった。きっと夫には聞こえていない。

——危機を乗り越えたのかもしれない。

お風呂場から鼻歌が聞こえる。結婚して、一番穏やかな日々かもしれない。

前のように自分を奮い立たせなくても、雄大は会社へ行けているし、美景もなんとか、続けられそうな仕事についた。

——もう、きっと大丈夫。

そう、思いたかった。

＊

「本当に、ここの学生ってバカだよね」

沢絵里奈《さわえりな》がそう吐《は》き捨《す》てたのを聞き、美景はぎょっとした。

「さすがＦランって感じ」

あー、と美景は曖昧に誤魔化し、注文書に目を落とした。絵里奈は商品の雑誌を持ってきて、膝の上でパラパラ捲っている。

絵里奈は、三ヵ月前に時短で入ったパートだった。出勤時間は美景と同じ時間で、十三時半までの勤務だ。美景が十二時半から十三時半まで休憩に行ける計算になる。

彼女に決まるまで、かなりの人数、面接をしていた。だけど、なかなか個性的な人ばかりで、「いい人が来ない」と峰岸は嘆いていた。

話を聞くと、さすがにそれはない、と美景も納得した。例えば、履歴書の書き方が分からなかったから途中までしか書いてきていない、とか、別の大学に行って、どこにいるんですか？　と電話してきた、とか。みんな、五十歳前後の女性で、ブランクがある人が多かったらしい。もう、前みたいにレジの中で怒鳴り合いとかは嫌なんだよー、と峰岸は頭を抱えていた。いや、怒鳴り合ったりしませんよ、と美景は言ったが、それでも、普通に仕事ができる人がいいな、とは思う。

そんなときに、面接に訪れたのが絵里奈だった。

——こんな逸材は、この先、現れないかもしれない！

峰岸は興奮しながら履歴書を見せようとしたため、「個人情報を私に見せたらダメですよ！」と手でガードしながら、彼の話を聞いた。なんでも、偏差値の高い女子大出身で、結婚するまで銀行の受付で働いていたらしい。

——うちみたいな店でいいのかなあ。働き始めてがっかりして、辞めたりしないかなあ？

それを自分に言うのはどうなんだ、とツッコみたくなったが、どうですかねえ、と美景は返事をした。が、一瞬、面接をしている姿を見かけたけれど、背が高くて、笑顔が可愛い人だった。いい人そうだな、と、好感を持った。

それを話すと、よし、この人にしよう！　と峰岸は、採用の電話をかけていた。——が。

「あ、見てみて、さくちゃん！　この服可愛いよ！」

絵里奈が雑誌のページを指差す。本当だね、と相槌を打ったが、ちゃんと笑えている自信がない。これ買おうかなー、と呟く彼女の雑誌の扱いが乱暴で、とめたくなる。が、口は出さないように、言い聞かせる。

就業時間中に堂々と雑誌を見ているのは、彼女のせいだけではない。峰岸が「この店暇だから、時間があるときは雑誌でも見て、時間潰してね」と言ったせいだった。

美景も、前のパートさんや峰岸に、似たようなことは言われた。どうにも暇でしょうがないときに、雑誌の整頓《せいとん》をしながら、ぱらりと見ることはある。でも、朝の品出しが終わった瞬間に、今日読む雑誌を選び始めるのは、違うだろうと思った。

お客さんは少ないけれど、突然、教授が校費で購入する書籍の見積もりを頼みに来たり、休講になった学生が飲み物を買いに来たりすることもある。そんなときに、あまりに印象が悪い。

やる仕事がないからかもしれないと思い、美景は、発注の方法や見積書《みつもりしょ》の作り方を覚えないかと提案した。二週間前だ。だけど、彼女は、

――え、だって絵里ちゃん、レジだけ打ってたらいいって店長に言われてるもん。なんで覚えなきゃいけないの？

と小首を傾《かし》げた。

えっと、でも、と美景は動揺しつつ、

――もし私が病気で休んだりしたら、絵里ちゃんが困るかなって。あと、いろいろ覚えたら仕事楽しくなるかと思ったんだけど。

と言ってみる。

——大丈夫だよー。さくちゃんが休んだら店長に来て貰うし。それに。

うん？　と美景は訊ねる。

——だって、絵里ちゃん、これを仕事だって思ってないもん。

美景が固まると、

——暇つぶしだよ、こんなの。だって、こんなに給料安いのに。

と彼女は笑った。

価値観が違うとは、こういうことを言うのだと思った。それ以来、なるべく彼女に仕事をして貰おうとは思わなくなった。峰岸の言う通り、レジ打ちだけして貰えばいいのだ、きっと。

ちらほら学生の姿が見え始め、美景は注文書をまとめ、レジ後ろのパソコンデスクの上に置いた。いらっしゃいませ、と声をかける。絵里奈はその横で、まだ雑誌を広げていた。

「あの、すいません」

学生に声をかけられ、はい、と返事をする。顔を見たら、売店でよくアイスを買ってくれる女の子だった。

「箸《はし》忘れちゃったので、割り箸貰えませんか？」

他の子たちと違って、荷物を持っていなかった。きっと、教室でお弁当を広げ、箸がないことに気づいたのだろう。

「はい、どうぞー」

美景はレジ横に置いてある割り箸を差し出した。彼女は、ありがとうございます、と言って廊下を走っていった。

そうしていると、学生たちがレジに並び始め、店内が一段と賑《にぎ》やかになった。一日の中で、今が一番、忙しい。今時バーコードでなく、手打ち入力のレジだが、それでもかなり早く捌《さば》けるようになった。

だから、隣で袋詰めする絵里奈の異変に気づかなかった。


「ただいまー」

美景が帰宅して返事をしてくれるのは、ピピだった。玄関の扉を開けた瞬間、早く遊んで！と呼び鳴きするのが聞こえる。

お腹が空いてはいるけれど、まず真っ先にするのはピピをカゴから出すことだった。ぐったりしている飼い主とは裏腹に、ピピは元気が有り余っている。

夫が買ったビーズクッションに寄りかかり、ピピが美景の太ももの上を行ったり来たりしているのを、ぼんやり眺める。

「……疲れた」

身体に力が入らない。ローテーブルに置いてあるリモコンに手を伸ばし、テレビをつける。ニュースは見たくない。録画してずっと消さずにいる〈水曜どうでしょう〉を再生する。間の抜けたテーマソングが流れ出し、少し、肩の力が抜ける。

お昼のピークが過ぎ、そろそろ休憩に行ってくると美景が言ったとき、絵里奈が「なんで割り箸あげたの？」と訊いてきた。いつも笑顔の彼女が、真顔で驚いた。自分のことを〈絵里ちゃん〉と呼ぶ彼女は、こんな顔ができるのだと、頭の片隅《かたすみ》で冷静に思った。

――お箸を忘れたって言ってたから。

美景が答えると、

――じゃあ、お箸、買えばいいじゃん。

と吐き捨てられた。

――いや、これ、売り物じゃないから。お弁当とかカップ麺《めん》を買った人につけているもので……。

――だから！　カップ麺なり、お弁当なり買えばいいじゃん！　なんでタダであげなきゃいけないの？

何に怒っているのか分からず、美景は黙った。それでも、彼女は続けた。

――これ、備品なんだよ？　タダじゃないんだよ？　あいつら、それを分かってないんだって！　このままだとつけあがるよ？

いや、でも、と美景は考えながら言う。

――でも、お客さんだから……。

――なにも買ってないのに、なんで客なの？

美景が黙ると、絵里奈は言い切った。

——とにかく、私は絶対に、頼まれてもあげないから！

分かった、と言い、美景は休憩に入った。店に戻ってきても、絵里奈の機嫌は悪いままで、帰っていった。

ああ、嫌だ、と美景は目を瞑《つぶ》る。こんなどうでもいいことで、言い争いたくない。どうしてスルーしてくれないんだろう。どうしてこんなに、不機嫌を露骨に外に出せるのだろう。

昼ご飯もろくに喉を通らなかった。リュックの中に、中身が残ったお弁当箱が入ったままだ。忘れずに洗わなければ。

「ピピさん、ごめん。もう入ろう？」

美景が手に乗せ、さっとカゴの中に入れると、まだ遊び足りない！　とピピが鳴いた。ごめん、もう寝る時間だから、と遮光カバーをかける。

本格的に仕事が忙しくなってきたのか、雄大の帰宅は十時を過ぎることが多くなってきた。その時間まで晩ご飯を食べないのは、さすがに身体に悪いと、食べて帰るようになった。復職するとき雄大は、お弁当は一個でいいよと言った。二個持っていかされると、定時で帰ってくるなと言われているみたいで嫌だからと。知らないうちにプレッシャーをかけていたのかもしれないと反省した。

美景はリュックからお弁当箱と買い物袋を取り出し、キッチンに行った。もう、ご飯を作る元気はなかった。

買い物袋から、おにぎりを二つ取り出す。昆布と梅干。売店で廃棄になったものだ。賞味期限は深夜一時だけれど、売店は五時に閉まるため、廃棄にせざるを得ない。

――もったいないから、持って帰って食べてよ。

峰岸に言われたし、実際捨てるのは忍びないので持って帰ってはいるが、一人で冷たいおにぎりを食べるのは、かなり気持ちが滅入る。

美景はやかんをコンロにかけた。せめて温かいものが食べたい。お茶漬けにしようと茶碗《ちゃわん》に昆布のおにぎりを入れる。

と、携帯が鳴った。

慌ててリュックから取り出すと、峰岸だった。

「もしもし、佐久間です」

「あ、お疲れ様です。峰岸ですけど。今、大丈夫？」

大丈夫です、と言いつつ、コンロの火を消す。

「教科書販売の搬入なんだけどさ。社員だけでやるって言ってたけど、佐久間さんにも手伝って貰っていい？」

「はい、大丈夫です。搬入日っていつですか？」

リュックから手帳を取り出し、日付と時刻を書く。

「今日どうだった？　売り上げどれくらい？」

大体の金額を告げると、やっぱりそれくらいかー、と峰岸はお決まりのセリフを吐いた。最初こそ、教科書販売をやるためにやっているだけの店だと言っていたものの、毎日のように電話をしてきては、売り上げを訊かれた。けれど、正直、これ以上伸びる気配がない。

大学の目の前にはスーパーが二軒もある。売店が定価で販売している商品が、スーパーではかなりの値引きをして売られている。お昼も食堂で食べるか、スーパーに行く子のほうが多い。

積極的に売店を使うのは、授業の間の十分休みだった。少し小腹が空いたとか、喉が渇いたとかいう子が並ぶ。それでも一番の人気は、チロルチョコ。圧倒的にお金を持っていない子が多い。

「そもそも、お客さんの分母が少ないので、なかなか伸びないです、やっぱり」

美景が言うと、

「そこは、佐久間さんの力でなんとかー」

と峰岸が笑う。

いやいや、無理ですよ、と言いつつ、絵里奈のことを相談するかどうか、悩んでいた。告げ口をするようだけれど、このまま放っておいて、学生と問題があったときに責任が取れない。

「あの、話は変わるんですけど」

美景が言うと、なに？　映画の話？　と峰岸は声を弾ませた。

「いや、違います。……あの、沢さんのことなんですけど」

「なに？　なにかあった？」

さっきまで呑気《のんき》な口調だったのに、急に声が鋭くなる。やはり前任のパートのいざこざが、かなり応《こた》えているようだった。

美景が今日の割り箸の経緯を説明すると、

「なんで渡したくないって言うの？」

と、きょとんとした声で訊ねた。

「いや、だから、なにも買ってない人にどうしてあげなきゃいけないのか、と」

美景がもう一度、説明すると、

「えー、別にいいじゃん。困ってるんでしょ？」

「いや、それは私もそう思って渡したんですけど」

この違和感を、なんて説明したらいいのだろう。絵里奈は確かに、理屈では間違ったことを言っていない。でも――。

「僕が渡すように言ってたって、佐久間さんから伝えてくれたらいいじゃん」

「それじゃあ、どうしてそんな会話になったんだって話になるじゃないですか。沢さんがどうしてあげなきゃいけないのって言ったことを、私から店長に話したってバレて、また揉め事になりますって」

女子は面倒だ、とこれまでの人生で学んできた。巻き込まれたくない。

「大学の中で売店やってるんだからさー。学生に優しくしてあげないと困るんだよー」

「なので、店長からうまく言って貰えませんか」

「えー、女同士なんだから、佐久間さんが言ってよー。大丈夫だって。沢さん、お嬢様大学出身だから！　話せば分かるよー」

そこが問題なのだ、と美景は言い返したかったけれど、きっと分からないだろうと黙った。

「とりあえず、報告だけはしましたので」

美景はそう切り上げ、電話を切った。

絵里奈の言葉の端々《はしばし》で感じるのだった。自分の出身大学以上の偏差値でないと、低レベルだというレッテルを。それは学力だけでなく、人間のレベルが劣るとでもいうような、はっきりとした侮蔑《ぶべつ》だった。

頭が悪い子はファッションセンスも悪い。そういう女子が連れている男も、もれなくバカっぽい。

何か個人的に恨みがあるのだろうかと思うほど、学生たちの品定めをしている。きっと、彼女の周りにはそういう人がいなかったのだ、と美景は思った。お金もあって、学力もあって、センスのある子しかいなかった。だから、そのギャップに驚いて、こうも悪態《あくたい》をつくのだ、と。

急にお湯を沸かすのも面倒になって、茶碗の中に入れたままになっていた昆布のおにぎりを齧った。キッチンで立ちっぱなしの食事は、ただ空腹を紛《まぎ》らわせるだけで、味気なかった。

リビングの明かりを消して、隣の部屋へ行き、パソコンの電源を入れる。自分のイスを除《の》けて、雄大のワーキングチェアを拝借し、胡坐をかいて座る。

お金のために、働くことは必要だ。——でも、売店の仕事のためだけに、生きることはできなかった。

仕事にやりがいを求めるとか、好きなことを仕事にしたいとか、もしかしたら美景の甘えなのかもしれない。だけど、このまま、売店で消耗して、終わっていくのは耐えられない。

書き溜めてきたプロットを立ち上げ、目を通す。

来週から春休みで、売店も休みだ。教科書の搬入に出ることになったけれど、それ以外は、丸一日、執筆に当てられる。

――今、書かなくて、いつ書く。

自立できるほどの給料は貰えていないけれど、働いていないという罪悪感は抱かずにいられる。その上で長い休みがある。これはもう、書け、と言われているような、――いや、これで書けないなら、どの道、お前は無理だと、三行半《みくだりはん》を突きつけられてもしょうがない。

――誰から？

小説の神様から、と美景は自分で答える。

*

「佐久間、本当に痩せたなあ〜〜！」

久しぶりに会った坂本卓也にそう言われ、雄大はどこか嬉しそうだった。

先輩の結婚式は大学時代の懐かしい顔ぶれが揃っていて、同窓会のようでもあった。丸テーブルには、高橋一登の姿もあって、美景は少し、緊張していた。でも、今は、なにも恐れることはなかった。仕事をして、小説も書いている。何を訊かれても、胸を張れる。

「それな！　百キロになったって体重計の写真を送ってきたときは、ボケかと思ったわ！」

高橋も笑っていた。

「いや、事実だって、俺の写真も送ったでしょ？」

雄大もまた、嬉しそうに反論する。

「で？　なんで痩せようと思ったわけ？　やっぱり、今日のため？」

高橋が訊ねると、雄大は、そうそう、と頷いた。

「スーツ着なきゃダメだから。あと、太ってることに飽きた」

「なんじゃそりゃ」

坂本も笑う。

元通りになった夫を見つめ、人ってやる気になればなんでもできるものだなあ、と感心する。そして、雄大は有言実行の人だった、と思い出す。

百キロになったと写真を撮ったあと、雄大はエクセルで表を作り、毎日体重と運動量を記入していくと宣言した。

問題は、運動をする時間だった。朝八時に出勤し、十一時頃に帰宅する。美景から見て、そんな隙はないように見えた。

が、雄大は「一石二鳥だから、会社から走って帰る」と言い出し、自宅まで十キロの道のりを走るようになった。最初こそ、ほとんど歩いているような速度だったらしいが、毎日、雨の日以外は、自分の足で帰った。

エクセルで打ち込む体重は着実に減っていき、最初の三ヵ月で二十キロのダイエットに成功したのだった。

「高橋んちの子供って、何歳だっけ?」

坂本が訊ねると、今、二歳、と答えた。

「マジで可愛いよー。やっぱ娘だな。結婚するのを考えると、今から辛いわ」

と高橋が泣き真似をする。

同じテーブルに、同年代の子供がいる人たちが四人いたため、子育ての話に移っていった。彼らが話すあるあるに、そういう感じなんだな、と耳を澄ます。

「佐久間のところはー? 子供作らないの? それともできないの? どっち?」

酔っ払った高橋に訊ねられ、雄大が固まる。美景は、ああー、と笑った。

「うちは子供はいらないって話してる」

「えー? なんで? お前、子供嫌いとか?」

いや、と笑顔を作りつつ、

「旦那が鬱になったときに、子供いなくてよかったって思ったから」

と答える。

と、高橋は露骨に顔を歪め、

「うわっ！　酷《ひど》いこと言うね、お前」
と吐き捨てられた。

何が酷いのだろうと口を開きかけたが、そのとき、ＢＧＭが変わり、司会者が〈ファーストバイト〉のために高砂《たかさご》前に集まるように告げた。さっきまでの会話は忘れ去られ、各々、携帯やカメラを持って、新郎新婦の前に集まった。

相手にするのはやめよう、と美景は二人にカメラを向けた。

ビジネスホテルに戻ると、美景は窮屈だったワンピースを脱ぎ、そのまま浴室に向かった。お湯を溜めながら湯舟に座り込む。打たせ湯だ、なんて冗談を思い浮かべながら、溜まっていくお湯を眺めた。

二次会の後、高橋や坂本たちが麻雀《マージャン》をしようと雄大を誘ったので、行っておいで、と送り出した。二時間くらいで戻るから、と夫は言った。

男同士はどんな話をするのだろう、と想像する。きっと、そこに美景がいるのと、いないのとでは、内容は違ってくるはずだ。

――子供が欲しいかどうか、あの続きを雄大に訊いたりするのだろうか。

負け惜しみでも何でもなく、本当に子供はいらないと思っている。それは、雄大も同じで、きちんとお互いの気持ちを話しているだけあって、そこになんの劣等感もない。

あまり子供が得意ではない雄大に対し、美景は子供と遊ぶのは好きだった。結婚前に働いていた書店の同僚と、家族ぐるみで仲良くして貰っていたとき、彼女の娘も美景に懐いてくれていた。出逢った頃は二歳だったその子が、今はもう小学校に通っている。時折、送られてくる写真や、年賀状を、心から楽しみにしている。

でも、自分の子供を育てると思うと、どうしても、無理だ、という恐怖のほうが勝ってしまう。

今の状態で、——つまりは周囲に知り合いがおらず、夫が深夜に帰る生活で、子育てができるとは到底思えないのだった。

実際、パートから帰り、セキセイインコと遊ぶだけで、ぜいぜい言っている。

——それに。

肩まで贅沢《ぜいたく》にお湯を溜めると、蛇口を閉めた。急に浴室が静かになる。

それに、子供なんてできるはずがない。もうずっと、雄大と抱き合っていない。

鬱が治って、何度か試したことはある。が、最後までできなくて、次第に元に戻り、なにもなくなった。

そういう欲求が全くないのだという夫に、無理やりなんとかさせる訳にもいかない。行為そのものよりも、雄大にそう思って欲しいという気持ちのほうが強かった。だけど、食欲がない人に「食べたいと思え」と言ったところで、どうしようもないのと同じように、美景ができることはなにもなかった。

——子供が欲しい訳じゃないから、よかったじゃないか。

普段は思い出しもしないのに、ふとした瞬間に突き上げてくるような欲求を持て余し、自分で自分に言い聞かせる。こんなことなら、欲求そのものが涸《か》れてくれるのを祈るばかりだった。

仲はいい。買い物に行くときは必ず手を繋いで歩くし、仕事に行くときにキスをしてくれ、眠るときはハグをして眠る。休みの日は予定を入れることなく、美景に「今日はどうしたい？」と訊き、自分は興味のない書店巡りについてきてくれる。それで、なんの問題もないはずだった。

もし、うっかり子供ができたら、そっちのほうが困る、と美景は思う。

——まだ、夢を叶えていない。

二次会での会話を思い出す。

すっかり出来上がった彼らは、それまでより饒舌《じょうぜつ》になり、学生時代の思い出話と、将来の話を行ったり来たりしていた。

——いやー、今年こそは何か撮りたいと思ってるんだけどさあ。

——分かる。そろそろ何か作りたいわ。

——でも、まあ、子供がいると、なかなか難しいよな。

——子供がいなきゃ、もっと自由に動けるんだけどなあ。

——それな！

カッコ悪い、と美景は素面の頭で思っていた。うっかり言葉にしないように、細心の注意が必要だった。

自分が決めたことじゃないのか、と詰め寄りたくなるのはなぜだろう。子供ができれば自由な時間がなくなることくらい、簡単に想像がつくじゃないか。すべてを手に入れるのは無理だ。だったら、自分が一番大切なものを、大切にできる方法を考えるしかないじゃないか。

——子供のせいにするなんて、カッコ悪い。それが酔った勢いであったとしても。

美景は絶対に言いたくなかった。なれなかったら、それはすべて自分の責任だと言い切れる、そういう状況でいたかった。自分が弱い人間だと分かっている。自分以外の何かのせいにしたい気持ちは、嫌というほど分かる。

——だけど、美景はうまいことやったよなー。旦那に稼ぎがあるから、なんの心配もないだろ？　パートでお小遣い稼いでたらいいんだし。

高橋に言われ、美景は曖昧に笑って誤魔化した。本音は、話さなかった。話しても分からない、と拒否したのは、その言葉から美景を下に見ていると分かったからだ。

傍《はた》から見れば、なんの悩みもなく、苦労もなく、ぼんやりと生きているように映るのだろう。

夫の悩みを解決する方法が分からず、家計を担えるようにパートを始めてもそこでストレスを溜めるばかりで、家事も疎《おろそ》かになって、うまくいかない自分を責める妻の気持ちを、想像することもできないのだろう。今、こうやって笑っているのも、心からではない場合を考えることすらないのだろう。

――そんな想像力のない人に、作品なんて作れるか。

春休みに書き始めた小説は、主要人物の女子高生全員が、どうやって生きていいのか分からず、もがいている。それぞれ、悩みは違うけれど、〈自分は間違っているんじゃないか〉、〈このままでいいのか〉と自分を疑っている。

「……そういう人を、好きなのかもしれない」

美景はぽつりと、呟いた。狭い浴室に声が響く。

常識や普通をそのまま受け入れられる人より、本当に？　と疑うようなややこしい人のほうが、話していておもしろい。その点、雄大は、何を考えているのか分からず、不思議で、誰よりもおもしろいのかもしれない。――簡単に犯人が分かってしまう推理小説より、最後の最後で世界がひっくり返るような作品のほうが、驚きや感動も大きいように。

バスタオルで頭から身体まですべてを拭くと、ホテルのパジャマを着てベッドに横たわる。

――絶対に、本を出す。そして、私をバカにした人を見返してやる。

そんな風に誓う自分を、天井から「誰もバカにしてないのに、自意識過剰だな」と、もう一人の自分が笑う。

大学を卒業したとき、三十歳までに作家になる、と密《ひそ》かに思っていた。なんの根拠もない目標設定だった。多分、なにかで読んだインタビューで、作家さんがそう話していたのだと思う。

　気づいたら、その三十歳になっている。

＊

売店で働き始めて、二度目の夏休み。なんとか小説を書き上げ、休みの最終日に、賞に応募した。

　郵便局まで歩き、書留で送る。家に帰る頃には汗だくになっていて、思わず昼間から冷水を浴びた。

　クーラーの効いたリビングでピピをお腹に乗せ、ビーズクッションに沈み込む。これは雄大が悩みに悩んで買ったものだった。人間をダメにするクッション、という名の通り、全く動く気になれなかった。

　自信がない、と美景は呟く。

　これまで何度も小説を投稿してきたけれど、一番、自信がなかった。物語の三分の二あたりまでは、手ごたえがあったのだ。自分が信じている嘘偽りのない気持ちの数々を、おもしろく書けたと思っていた。

でも、そこから、どうしていいか分からなくなった。

四人の女子高生を光の射《さ》すほうへ導きたい。けれど、彼女たちは頑《かたく》なで、手強《てごわ》かった。結局、強引にまとめてしまった気がする。自分では判断できず、どうか読んで意見が欲しいと、出版社に託した。

――仕事に行きたくない。店にいる間、ずっと、家に帰りたいと思っている。

始業式を明日に控《ひか》えた子供のように、憂鬱《ゆううつ》になる。が、昔と違うのは、小学校は六年、中学校は三年と、いつか卒業する日がくるけれど、仕事は先が長い、ということだった。

いつまで続けるんだろう、と考えている自分が、もう辞めたいと心底願っていると気づき、またか、と失望する。どうして、続けられないんだろう。

狭い売店に絵里奈と二人きりでいると〈自分が間違っている〉、〈普通じゃない〉と洗脳されているようだった。いや、本当に、自分のほうがおかしいのかもしれない。

学歴なんて気にしたことはなかったけれど、確かに絵里奈が卒業した大学は優秀で、ここの大学や美景の出身大学は、比べ物にならないくらい偏差値が低い。

――程度が低い。

――パッパラパーばっかり。

——頭が悪い人はどうでもいい。

学生の行動に腹を立て、絵里奈が吐き捨てる言葉は、そのまま美景に突き刺さった。

——私は程度が低くて、パッパラパーで、頭が悪いどうでもいい人間なのかもしれない。

夏休み明け、それでも美景は、いつもより早く家を出た。絵里奈より先に店に着き、その場に馴染《なじ》む時間が必要だった。社交的になるスイッチを入れる時間と言ってもいい。すぐには切り替わらないから、なるべく時間を作りたかった。

鍵を開けて、中に入り、パソコンの電源を入れる。立ち上がるまでにエプロンを着け、自分と同じようにのろのろと動く画面を見つめる。出社の打刻をすると、先に搬入されてあったパンの検品をして、自分のペースで陳列する。そうすると、少しずつ、仕事をする自分に切り替わる。

カツカツと廊下に靴音が響く。絵里奈が来たのだ、と身構える。

「さくちゃん、おはよう！　聞いてよー！」

店に入ってくるなり、絵里奈が言う。美景は「先に、打刻、打刻！」と笑い、彼女は「そうだった！」と笑った。

「聞いて。妊娠した」

絵里奈はパソコンから振り返ると、そう告げた。

「え？　おめでとう！」

自然と口から出て、顔が綻《ほころ》んでいた。いつもは頭の回転が遅いのに、このときばかりは出産のために仕事を辞めるかもしれない可能性を、即座に思いついた。

「おめでたくないよー」

絵里奈はエプロンを着けることなく、丸イスを引き寄せ座った。

「別に子供はできてもいいかなって思ってたけどさー、いざできると心配。……男の子だったらどうしよー」

「え？」

絵里奈は顔を歪めた。

「だって、男の子って臭いじゃん。ここに来る子もみんな汚いし！　女の子だったらいいけどさ！　汚い遊びとかしないだろうし」

美景は、そっか、と言いながら、パンの伝票に視線を落とした。

「あー、男の子だったら、私、産んだ瞬間に投げ捨てる！」

笑って言う絵里奈に、美景はうまく笑い返せただろうか。

絵里奈が退勤するまでの時間、なんとか彼女を不機嫌にしないことだけを考えた。

今のうちに髪を染めに行こうかな、という彼女に、うっかり「妊娠しているときに髪を染めても大丈夫？」と言ってしまったときは、なんで余計なことを言ったのだろうと後悔した。

妊娠したら子供のために髪も染められないの？　と不機嫌になった彼女に、「そうじゃなくて、妊娠したら肌質が変わってかぶれたりするって聞いたから」と母体の心配をしているように取《と》り繕《つくろ》う。と、彼女は、そっか、ありがとう、調べてみる！　と機嫌がよくなった。

雑誌を読む代わりに、髪を染めてもいいのか、カフェインはどれくらい摂っていいのか、食べたらいけないものはあるのかをパソコンで調べ、その度に、「本当に嫌だ」と呟く彼女に、「大変だねえ」と相槌を打つ。――余計なことを言ってはいけない。言ったところで、しょうがない。

「それじゃあ、さくちゃん。また明日ね！」

機嫌よく帰っていく絵里奈に手を振る。カツカツとパンプスが階段を下りていく。

授業が始まっているため、売店の中は静まり返っている。客が来る気配はなかった。

美景は電話を取り、峰岸の電話番号を押した。――もう、一秒もここにいることが耐えられなかった。

「もしもし。何かあった？」

峰岸は電話に出ると、すぐにそう訊ねた。彼は彼なりに、美景の限界を察知しているようだった。

「……すいません、ちょっと、もう」

無理です、と言う前に、峰岸は、分かった、と言った。

「とりあえず、これからそっち行きますんで。僕が行くまでは店、開けていて貰っていいですか」

美景は、分かりました、すいません、と告げ、電話を切った。

家に帰ると、リビングのビーズクッションの上に倒れこんだ。電車の中でもずっと泣いていたため、目の奥から頭にかけて痛みがある。

レジでケンカをするなんて、と前任のパートのおばさんに対して思っていたけれど、まさか店で号泣するとは思わなかった。何かされた訳ではない。なのに、どうしてこうも、耐えられないのだろう。

これまでも何度か、絵里奈とうまくいかないと峰岸には話してきた。

無視してればいい、どうせ一日数時間なんだから。

そう言って取り合ってくれなかったし、実際、なにをどうしたって、絵里奈が学生に優しくなることはなかっただろう。だけど、こうやって峰岸に話してきたから、今日、急に仕事を辞め、明日から出勤しなくてよくなったのだ。それも無駄じゃなかったのかもしれない。

だけど、すべての自信はどこかへ消え、「どうしてできないんだ」という自分への苛立ちと、「それでもこれ以上は無理だった」という叫びで引き裂かれそうだった。

――私はなにも続けられない。

思った瞬間、目頭が熱くなり、鼻が痛くなる。もう泣きたくない。なのに、バカみたいに鳴咽が漏れる。

思えば、何かをやり遂げたことはあっただろうか。趣味でも人間関係でも、続けられていることはあるだろうか。

一番古い友人は、大学の先輩で、それも彼女のおおらかさ故《ゆえ》に続いているような気がした。小学生の頃からの友達なんて、一人としていない。学校を卒業したら、その度に友人関係はいつの間にかリセットされていて、その後、友達から連絡が来ることも、こちらから連絡することもなかった。それを小学校、中学校、高校と繰り返してきた。

大学の先輩たちと今でも交流があるのは、雄大が彼らと繋がっているからに過ぎないと、美景は思う。もし、彼と結婚していなかったら、きっとまた、疎遠になっていた。

起き上がり、リビングを見渡す。自分でも驚くくらい部屋が荒れている。そして散らかっている物のほとんどが、美景の物だった。

――雄大だって、行きたくない仕事に行っているのに。

部屋は散らかす、食べ物の賞味期限が切れる前に使い切れない、仕事はできない、子供は欲しくない。一体、なんのために夫は美景と一緒に暮らしているのだろう。

――お前が働かないから、雄大はプレッシャーになって、病気になったんじゃないの？

高橋にそう言われたのは、何年前になるのだろう。結局、あの頃に逆戻りだ。なにも積み上げられていない。

携帯が鳴る。雄大だ、と咄嗟に思う。帰りの電車の中で、仕事を辞めたとメールを打った。その返事だ。

今度こそ、愛想《あいそ》をつかされるかもしれない。

――お疲れさん。また何か探したらいいさー。

ゆるりとした文章に、また泣けた。

どうして雄大は、欲しい言葉をくれるのだろう。

＊

悲しいことは続くものらしい。

セキセイインコのピピが、朝、起きてこなかった。いつもなら遮光カバーをとる前から「出して！」と鳴いているのに、この日は声をかけても止まり木で丸くなって目を瞑っている。

「ピピさーん。朝だよー？」

美景が声をかけていると、雄大も隣で声をかけた。が、ピピはチラリとこちらを見ると、また、嘴《くちばし》を背中に突っ込み、眠り始めた。

「おかしいよね、いつもと違うよね？」

美景が言うと、雄大は、前に行った病院に電話してみて、と言った。

「予約取れたら連れて行くから。俺は会社休むって連絡する」

「分かった」

財布から診察券を取り出すと、美景は裏に書かれた番号に電話をかける。コールしている途中でまだ診療時間ではないと気づいたが、八回目のコール音で相手は電話に出てくれた。

「あの、すいません。セキセイインコの具合が悪くて。今から見て貰えますか？」

美景がしどろもどろで訊ねると、電話の相手は「どんな具合ですか？」と落ち着いて訊ね返した。

「朝、カバーを取ったら、丸くなって眠っていて。いつもだったらもう起きていて、出してくれって騒ぐんですけど」

「膨《ふく》らんでるってことは、やっぱり、体調が悪いんだと思います。糞《ふん》の状態や数はどうですか？」

美景はカゴの中を覗き込む。

「……いつもより少ないです。あと、水っぽくて、色が緑じゃなくて、茶色っぽい水みたいな跡があります」

ちょっと普通じゃないわね、と電話の向こうで言った。

「これからすぐ来られる？　どれくらいかかる？」

訊ねられ、車で四十分くらいで着くと思います、と答える。

「分かりました。まだ診療時間じゃないからドアは開いてないけど、着いたらインターホンを鳴らして貰えますか？」

「はい！　よろしくお願いします」

頭を下げて、電話を切った。

「どうだった？　見て貰える？」

雄大に訊ねられ、

「大丈夫だって。仕事休める？」

訊き返すと、大丈夫、と言いつつ、雄大はキャリーの用意をした。美景は鳥カゴの扉を開けて、ピピを手に乗せた。いつもなら飛んで出るのに、今は手の上でじっとしている。

「病院行くよー。すぐ治るからね」

二人で声をかけながら、キャリーに移す。そのまま玄関へ行こうとすると、

「ちょっと待ってて。駐車場からアパートの前まで車回す。着いたら電話するから」

「分かった」

雄大はキーを持って、玄関を出て行った。

ピピさん、大丈夫だよ、と声をかける。いつもキャリーに入れられたら、そわそわ落ち着かず、隙間から美景の手を噛むのに、今は隅にぺったりと座り込み、目を瞑っている。

大丈夫だよと繰り返すけれど、到底、そんな風に思えない。それでも、口だけでも、大丈夫

だと言い続けないと、ダメになると思った。

　なるべく揺れないように、でも速く。そんなことを考えながら運転しているのが、無言の雄大から伝わってくる。美景の膝に抱えられたキャリーの中で、ピピはじっと目を瞑っている。一瞬も、目を逸らしたくない。

　病院のインターホンを押し、開けて貰う。キャリーの中のピピを見た先生は、「これはまずいね」と慌てた。

「溶血してる。すぐに酸素室に連れて行きます。診察室に入っていてください」

　先生はキャリーを手に、診察室の奥へと入っていった。ピピと離されたことで、美景は一気に不安になった。

　診察室の丸イスに座って待つと、すぐに先生が戻ってきた。

「多分、鉛か何かを間違えて口にしたんじゃないかと思います。心当たりはありますか？」

　訊ねられ、首を横に振る。

「時々ね、インコのおもちゃなんかにも入ってたりするんです。あと、カゴのメッキが剝《は》がれてきたりとか、カーテンの重りに入っていたりとか。それで、中毒を起こして、溶血してるから、血尿が出てる」

　美景は、一番訊きたいことを訊けずに固まった。——それで、どうしたら治りますか。

「ここまで来たら、なかなか難しいと思う。でも、止血剤を打ってあげたいと思うんだけど、どうしますか？」

美景は雄大の顔を見る。

「それで、治りますか？」

雄大は、美景の代わりに訊ねた。

「なんとも言えない。だけど、打たないよりはいい」

雄大は、どうする？　と美景に訊ねた。

「……打って貰おう」

そう言うと、雄大は、お願いします、と先生に頭を下げた。

それでは準備をしてきます、と告げ、先生は奥に戻っていった。残された美景と雄大は、なにも話さなかった。話せなかった。

すぐにキャリーを抱えてきた先生は、診察台に置き、中からピピを出した。爪を切ったり、定期健診で嗉《そ》嚢《のう》検査をするときは、いつも暴れていたピピが、今はされるがままになっている。

「すぐ終わるからね」

声をかけながら、先生は注射を打ち、いい子だったね、と言って、キャリーにピピを戻し、また酸素室へと連れて行った。

戻ってきた先生は、それで、これからのことですが、と口を開いた。

「このまま酸素室で入院して貰うことはできます。ただ、夜間は誰もいなくなるので、その間に何かあったら、対応ができません。おうちに連れて帰ってあげるか、それとも入院するか、決めて貰えますか？」

　何から訊ねればいいのか考えるけれど、言葉がすぐに出てこない。雄大も同じようだった。訊きたくない言葉ばかりが、頭の中を過ぎる。だけど、訊かなかったら後悔するはずだ。

「……酸素室で入院したら、元の通り、元気になる可能性はありますか？　もし、先生が病院にいる間にもっと悪くなったら、できることはありますか？」

　美景が訊ねると、先生は一瞬、言葉に迷い、

「いえ。酸素室に居て貰うことしか、できません。正直、今夜が山だと思うし、夕方まで持つかも分かりません」

　と、はっきりと言った。

　その言葉を聞いて、気持ちは固まった。

「連れて帰ります」

　美景は断言して、雄大の顔を見た。彼は、いいの？　と訊ねた。

「連れて帰ろう。一人にしたら、可哀そうだよ」

　会計を済ませると、受付をしてくれた女性が、ピピのキャリーを抱えてきてくれた。ありがとうございました、と頭を下げ、病院を出た。

　助手席に乗ると、キャリーが動かないように、来たときよりもしっかりと、膝の上で抱える。どうか、家まで待って欲しかった。こんな、揺れる車の中で、いつ亡くなったか分からな

いような最期を迎えさせる訳にはいかなかった。

腹ばいになっていたピピは、力が入らないのか、少しずつ傾いていく。足に力が入らないのが、分かる。それでもまだ、ちゃんと生きていると分かるのは、背中が小さく上下しているからだった。

アパート前の有料駐車場に雄大は車を停めた。そっと、でも急いで階段を上る。雄大が開けたドアの隙間から中に入り、リビングへと急ぐ。ローテーブルの上にキャリーを置くと、扉を開け、ピピを掌《てのひら》に乗せた。

「……どうする？　カゴの中に入れる？」

雄大が訊ねたけれど、美景は首を横に振った。もう、止まり木に止まる力はない。彼も悟ったのか、美景の隣に座った。

「家まで待っててくれてありがとう。がんばったね」

心臓の音が、掌に伝わる。——こんなに軽かっただろうか。病院で、毎朝体重を量るように言われて、太り過ぎて餌を減らすように言われたことだってある。昨日は三十グラムだった。今は何グラムなのだろう。たった数グラムしか違わなくても、足に力が入っていないだけで、こんなに軽く感じる。

美景はそっと、頬を撫でた。雄大も恐る恐る、頭を撫でた。と、ピピは一度、痙攣《けいれん》したように身体を硬直させた。微《かす》かに目を開け、嘴を薄く開ける。——苦しいのだ。美景は絶対に、目を逸らさないと、ピピを見つめた。

「……苦しいなあ。がんばったなあ」

雄大が家に帰って初めて、声をかけた。声が震えている。と、ピピが足を踏ん張り、羽をバタつかせて掌から飛び立とうとして、雄大の膝に落ちた。

「ピピさん！」

美景は慌ててピピをすくいあげた。が、

「……お父ちゃんが好きだったんだよねえ。肩にとまりたかったんだよねえ」

もう、掌に心臓の音が響かない。美景は、うう、と声を押し殺して泣いた。雄大も泣いていた。後ろから美景の肩を抱く。――ピピさんが、死んでしまった。

＊

しばらく、ピピさんのカゴを片づける気になれなかった。

ふとした瞬間に、そう言えばピピさんは今日、外に出ていない、と、はっとカゴを見て、亡くなったのだったと気づく、その繰り返しだった。

思い起こせば、結婚して一週間でピピさんを迎えたから、雄大と二人きりの生活というのは、ほとんど初めてだった。

朝ご飯を食べた後、すぐに放鳥し、餌と水を替え、糞の掃除をする。二十分遊んで「カゴに戻ろう」と扉の前に連れて行くが、「まだ嫌！」と飛んで、カーテンレールの上に逃げる。それを雄大と追いかけ、なんとかカゴの中に入って貰う。ピピさんもだんだん賢くなって、逃げるのがうまくなっていた。

ピピさんにまつわるすべての習慣がなくなると、朝の時間を持て余すようになった。夫婦の口数も減った。


——ピピさんおはよう。お父ちゃんにもおはようって言ってー。

——ちょっとご飯食べ終わるまで待ってくださーい。ピピさん、焦らせないでくださーい。

——ピピさん、お父ちゃんに体重計に乗せて貰ってー。

——お母ちゃん、体重、三十グラムだったよ！

——いいじゃん、ピピさーん。


そのすべての会話が、消えた。

その分、雄大は少し早く会社へ行くようになり、美景は一人でいる時間が増えた。ピピさんのいない部屋は静かだ。

アパートの前の信号機が青になると、鳥のさえずりの音が鳴っているが、ピピさんは律儀にもそれに返事をしていた。炊飯器がご飯の炊《た》けたのを教えると、それと同じ効果音をピピさんも真似した。時にはご飯が炊けていないのにそっくりに鳴くから、美景は騙《だま》された。が、それも、もう聞こえない。

あの日、雄大がネットで調べた動物霊園へ行き、火葬して貰った。お骨は、驚くほど小さくて、でも頭の形がしっかりと分かった。掌ほどの骨壺《こつつぼ》を持って車に乗り込んだとき、雄大は「寂しいなあ」とまた泣いた。

ただ、寂しいと言う夫を、素直な人だと思う。

美景も、寂しかった。小型インコの寿命は十年から十五年と、ピピさんを迎えるときに買った本には書いてあった。実家のセキセイインコも、十年生きていて、まだ健在だ。ピピさんは、まだ四歳にもなっていなかった。まだまだ一緒に居られると思っていた。

もし、飼ったのが自分じゃなかったら、と美景は思ってしまうのだった。

考えてもしょうがない。〈もし〉なんてない。でも。

――私みたいな、なにもできない人間が飼い主じゃなかったら、もっともっと長生きできたんじゃないか。

鉛がどこに含まれていたのか、ピピさんが触ったであろう箇所を調べるけれど、思い当たるところはなかった。カゴを見ても、メッキが剥がれている様子はない。カーテンレールを見ようと踏み台を持ち出して上ると、壁紙が齧られた跡があった。――時々、床に広がっていたゴミはこれだったのか、と今更、気づく。

カーテンの上に、ピピさんの黄色い羽根が、ふわりとひっかかっていた。美景はあまりの懐かしさに、それを指で摘まみ、掌に載せる。ここに、あのふわふわとした羽根があるのに、ピピさんはもう、いない。

踏み台から降りると、これからどうしよう、と放心した。

――私は、ダメ人間だ。なにもできない。

隣の部屋で、携帯が鳴った。

今は誰とも話したくない。けれど、緊急だったらいけないと思い、身体を引きずって移動し、携帯を持ち上げる。知らない番号だった。〇三から始まるから、東京からだろうか。

出ようか悩んでいる間に、電話は切れた。

美景はその電話番号をネットで調べた。勧誘か何かだろうと思いながら。だけど、そこに出てきた名前を見て、心臓が跳ねた。

――まさか。そんなことが、起こるはずがない。

咄嗟に思い浮かんだ都合のいい考えを、思わず、否定する。だって、そんなこと、自分に起こるなんて。

たった今、かかってきた電話番号に、リダイヤルする。

相手がなんのために電話をかけてきたのか。それを知るのが怖くて、震えた。

第四章

——書店に買い物に来たから一緒に帰ろう。駅の改札で待ってる。

美景からのメールに、了解、と返信する。ようやく家から出る気になったのか、と少しほっとした。売店を辞め、ピピが亡くなってから、ほとんど外出している気配がなかった。行くのはスーパーくらいだ。

何かしてみたら？　と雄大はそれとなく伝えてきた。仕事じゃなくても、例えば、習い事とか。でも、美景は動かなかった。会社へ行っている間、妻が何をしているのか分からないけれど、きっと、ほとんどテレビの前のビーズクッションに沈み込んでいるのだろうと思っている。雄大が買ったそれは、いつも美景の身体の形に凹《へこ》んでいる。

書店に買い物に行ったということは、何かやる気になったのかもしれない。

美景と結婚して、こんなに毎週、書店に行く人がいるのだと知った。買うこともあれば、買わないこともある。一軒だけでは足らず、三軒もハシゴすることも。

何が違うの？　と訊ねると、置いてあるものが全然違うでしょ、と美景はムキになって反論した。

——例えば、この文庫本、さっきの店では棚差しで一冊しか置いてなかったけど、この店は二面も使って陳列してるでしょ？　絶対に、書店員さんが薦めたくて、意図して置いてるなあって分かるじゃない。そうなると、おもしろいんだろうなあ、って興味がでるし。そういうのがおもしろい。

とはいえ、美景はさほど、多くの本を読む訳ではない。本読みと言われる人は、桁違《けたちが》いに本を読んでいる、と彼女は言った。

——私は本を読むのが好きっていうより、本屋が好きなんだと思う。

また変わったことを言い出した、と思いつつ、雄大はその話を聞いた。

——ほら、私たちが子供の頃って、ネットがなかったし、私にとって娯楽と言えば、本かテレビくらいだったんだよね。家の近所には書店が三軒もあったから、父と散歩がてらハシゴして。毎回、買って貰える訳ではないんだけど、あ、今日もたくさん本があるなって、確認して帰るのが楽しかったんだよね。

それまで必要なときしか書店に行くことがなかった雄大は、時々一人でも、駅中の書店を覗くようになった。確かに、書店に行くと、何か新しいことをしてみようかと、前向きになる気がする。ネットとは違って、自分が意図しないところで、新しい情報が目に飛び込んでくる。

電車から降りて階段を上ると、改札の向こうに美景の姿が見えた。彼女も雄大の姿を発見し、こちらに手を振った。

「ただいまー」

おかえり、と言う美景は、手に書店の袋を持っていた。

「何買ったの？　いいものがあった？」

歩きながら訊ねる。美景は、えっとね、と言いつつ、雄大の後に続いた。

「今日、東京の知らない番号から電話が掛かってきたんだけど」

「うん？」

返事の内容が逸れている、と雄大は少しイラついた。

「そうしたら、講談社の編集の人で、座談会に載ったのは御覧になりましたか？　って言われて」

え？　と雄大は立ち止まった。美景は急に止まれず、雄大の踵《かかと》を踏んだ。

「あ、ごめん、踏んじゃった」

美景が謝る。

雄大は、座談会って？　と続きを促した。

「この間、小説を応募したでしょう？　メフィスト賞っていうのは座談会っていうのがあって、受賞しなくても、選考結果だけじゃなくて、こう、編集者がよかったと思ったものを、講評して貰えるっていうページで……」

しどろもどろで説明する彼女に、

「つまり、受賞はしなかったけど、編集者がおもしろかったですよって、電話をしてきてくれたってこと？」

雄大が訊ねると、あ、そうそう、と頷いた。

「雑誌、もう見たの？　載ってた？」

「……見た。載ってた」

そうか、と雄大は言い、美景の手を取った。

「急いで帰って、中、見せて」


講評を読んでいる間、美景は雄大の足元で正座をして待っていた。

美景が書いた小説を、読んではいない。読んで欲しいと言われていたけれど、あまりに分量が多いので、後回しになっていた。それに、読んだら口を出してしまいたくなる。

編集者の人たちは、彼女の小説を褒めてくれていた。


――派手ではないけれど、描写がいい。

――終わりが希望を持てるもので、信頼できる。

――リアリティーがある。

――ヒールを書かせると筆が乗る印象。


が、後半で、みんなが口を揃えてひっかかっているところがあった。

「……この、後半の原稿を忘れてきたと思うくらいあっという間に終わる、っていうのは、自覚あるの？」

訊ねると、美景は頷いた。

「どう終わらせていいか分からなくなったっていうのは、ある」

なるほど、と雄大は頷いた。

「……読む人には分かるものなんだなあ」

美景は雄大から雑誌を受け取ると、講評を眺めて呟いた。

「この、どこは乗って書いたとか、どこは悩んでたんだろうとか、分かっちゃうもんなんだなあ。自分では客観的に分からないのに」

ああ、と頷く。

「それで、これからのことは、何か電話で言われたの？」

「うん。雑誌の講評を読んでから、この作品を直すのか、新しいものを書いてメフィスト賞に応募し直すのか、電話で話しましょうって言われた。……電話貰ったとき、私が座談会、見てなかったから。多分、編集者の人は、見てないって思ってなかったんじゃないかなあ。それで、じゃあ雑誌を送るので、届いてからもう一度、電話で話しましょうって」

「その号で発表になるって知ってたのに、確認してなかったってこと？」

雄大が驚き、訊ねると、

「うん、そう」

と美景は頷いた。

「なんで確認しなかったの？　気になるでしょ、普通」

いや、無理だと思ってたから、と美景は呟く。

「講評にあったように、やっぱり後半、どうしていいか分からなくなって、なんとか書き終えて送ったところがあったから。それに受賞したら、電話が掛かってくるだろうし。そうじゃないならいいかって」

「そうか。……でもよかった。一歩進んで」

うん、と美景は笑った。

「じゃあ、風呂に入ってくるわ」

雄大はそう言うと、浴室に行った。服を脱ぎながら、きっと今まで書いた作品とは違う覚悟があったんだろう、と考えた。

結婚する前は、応募したことはもちろん、落選も必ず報告してきた。

――今回は絶対に受賞すると思ったのに！

悔しがる彼女の報告を、また次があるさ、と慰めつつ、そう簡単にはいかないだろうとも思っていた。難しいことをやっていると、客観的に見られているのだろうか、と。

自分の作品の力だけで、誰かに認められ、それでお金を稼ぐことがどれだけ難しいか。どれほど、狭い門か。何をしようとして、何を夢見ているのか。

――無理だと思ったから、確認しなかった。

そう言った美景はきっと、自分のしようとしていることと、作品を、客観的に見たからこそ、難しいと感じたのだろう。書店に並んでいる作品と自分の作品に、何か差がある、と。

――そうか。もう少しのところまで来たのか。

シャワーを捻る。いつまで経っても生ぬるいお湯しか出てこない。美景は低い温度が好きらしいけれど、それでは雄大には温《ぬる》過ぎる。四十五度まで上げて、熱いお湯を浴びる。

あの人は、ああ見えて頑固で一途《いちず》だからなあ、とぼんやり思う。

美景は、人見知りに見えて、一度懐くと境界線が分からなくなる。他人に踏み込み過ぎるところがある。

テーマパークで働いていたときもそうだ。なんとかというおっさんに感情移入し、自分のことのように怒り、ずっと凹んでいた。一つのことに、真正面から向き合い過ぎるのだ。

でも、そういうところを好きになったのだからしょうがない。

学生時代、先輩たちから「お前は頑固だ」、「負けず嫌いだ」と言われてきたけれど、美景のほうが更に上を行きますよ、と反論したい。

二回生のとき、雄大が監督、美景が脚本を書いて映画を作った。脚本を読んだ部長から、ゴーサインが出ないと制作に入れなかったけれど、あのときは何度書き直しても、ＯＫが出なかった。

――書けないなら誰か別のやつに書いて貰え！

部長に言われても、なお、彼女は手放さなかった。

あのとき彼女が仕上げ、雄大が監督した短編映画は、インディーズの映画祭で入賞した。だけど、あれ以降、美景は雄大と作品を作ろうとしない。

――私たちが一緒に作ったら、また絶対にケンカになるから。

彼女はそう、苦笑した。

プロットを作る段階で、雄大と美景は意見が噛み合わず、大ゲンカになった。制作上でケンカをしたら、恋人ともケンカをしている訳で、慰めてくれる人がいなくなる、と美景は言う。

彼女の小説を読まないようにしているのは、そのためでもあった。

もし読んだら、意見を言いたくなる。が、美景の主張と一致しなかったら、きっと言い争いになる。彼女には負けるけれど、自分もかなり頑固だという自覚はある。

夫婦を続けるなら、読まないほうがいい。そう思っていた。

＊

――物事は動き始めると、どんどん勢いを増して進んでいく。

最近の美景を見ていると、そう思わずにはいられなかった。そして、彼女は、その勢いに耐えられるだろうか、スピードが出過ぎた挙句、どこかにぶつかり、大破してしまわないだろうか、と心配になる。

改めて編集者と電話で話したとき、応募した作品の後半を書き直して、もう一度、メフィスト賞に応募するという方向で決まったと聞いていた。

直したら本になるのかと訊ねた雄大に、分からない、と美景は首を横に振った。

それでもプロに読んで感想を貰えるのは嬉しいと言う妻が、また、がっかりしなければいいと願っていた。

実際、数ヵ月かけて改稿した原稿を読んで、編集者は「おもしろいし、出版に値する原稿だけれど、メフィスト賞向きではない」と言ったそうだ。そして妻は新たな作品を書き、今読んで貰っていると言う。

雄大としては、納得いかなかった。

――出版に値するなら、どうして出版して貰えないのか。

でも、美景は「ここをおもしろいと言われた」、「描写に無駄がないと褒められた」と、その評価で満足しているように見えた。

もし、自分だったらどうだろう。「おもしろい」、「才能がある」と言われ、それでも手が届かなかったら。どうして！　と地団駄を踏みたくなるんじゃないか。

電車から降りると、走るようにして会社へ急ぐ。

編集者に振り回されているように見える美景にイライラしているのは、自分もまた、振り回されているからかもしれない。

最近、オンラインゲームのタイトルにアサインされた。企画の立ち上げからではなく、途中参加だった。話を聞くと、三年目のプランナーが鬱になり、離脱して、そのあとに雄大が配属されたらしかった。

引き継ぎをする時間もなく、彼の作業がどこまで進んでいたのか読み解くことから始めた。

結果、彼はなにもできていなかった。何ができないのかも分からないような状態だったのだろうと、データの散らかり具合で分かる。

誰か相談にのってやる人はいなかったのか。雑談ばかりしているプロジェクトの人たちに怒りを感じる。

自分の作業中は、仕事のことならしょうがないが、雑談で邪魔をされたくない。話しかけないで欲しいというオーラを出しているつもりなのに、ちょくちょく話しかけてくる人が数人いる。

その対策として、朝、一時間早く出勤し、誰もいないフロアで邪魔をされずに、一番集中してやりたい作業をしている。昼も然《しか》り。みんなが食事を摂りに外へ出る中、一人、美景が作ってくれた弁当を食べ、残りの時間を作業にあてる。

そうすれば、定時には大体、目途が立つのだ。

この日も雄大は、定時に上がるつもりで、作業を進めていた。

ピロン、とパソコンが音を立てる。社内チャットが入った。

――十八時から飯食いに行くんで、十九時に打ち合わせでいいですか?

雄大は無表情で、了解です、と返信した。怒りを、なんとか飲み下す。

――なんで二時間遅刻してきたヤツの飯を待って、打ち合わせしなきゃいけない。

――定時後に、人を巻き込んで仕事するな。

――そもそも定時直前に、アポを取ってくるな。


深い溜息が出る。ああ、なんで。どうしたら。

と、またチャットが音を立てる。

一時間前に仕様書を送ったプログラマーからだった。


――仕様書、目を通しました。プログラマーになって十五年経ちますが、こんなに丁寧な書類が、こんなに早くあがってきたのは初めてです。ありがとうございます。


このプロジェクトに入って、初めて仕事をしたプログラマーだった。大野《おおの》という四十歳手前の男性だ。年下の人にも苗字《みょうじ》にさんづけで、敬語を使う。穏やかな雰囲気の人だった。

素直に、嬉しかった。

なるべく相手に伝わるように、見やすい書類を目指してきた。伝わったんだ、と思う。

なんて返事をしようかと、考え、キーボードを打つ。


――ありがとうございます。あまり細かく書くと、視点が定まってしまい、自由度が少な

く、アイデアが広がらないかもしれないですが、
そこまで打って、雄大はバックスペースキーを押し、文章をすべて消した。
返事の代わりに、いいね、を押す。多くを語る必要はないように思った。

＊

メフィスト賞を受賞した、と美景が言ったのは、帰宅した雄大を迎えたときだった。座談会に載ったと連絡があってから、一年後のことだった。

「マジか」

うん、と頷く美景は、あまり実感がないようだった。

「今日、連絡が来たの？」

「うん、さっき、メールで」

彼女に促されるまま、パソコンデスクに向かう。つけっぱなしになっているパソコン画面に、メールが表示されている。

「……これ、受賞が決まったって書いてるよね？　私の妄想じゃないよね？」

美景が雄大に確認するように、パソコンを指差した。

「大丈夫、受賞が決まったって書いてある。やったなあ！」

うん、と呟く妻は、笑っていなかった。

「嬉しくないの？」

訊ねると、いや、と首を振る。

「……なんか、うまく行き過ぎてて、これから大丈夫かなって。すごく嫌なことが起きるとか」

「そんなことないって。あなたががんばった成果が出ただけだよ」

雄大はリュックを下ろすと、財布をポケットに入れた。

「祝杯あげよう。スーパーに行って、なにか買ってこようよ」

「今から？」

美景はパソコンの時計を見る。九時を過ぎたところだった。

「いつものスーパーなら十時まで開いてるでしょ。行こうよ」

遠慮している彼女の手を取る。ようやく、うん、と頷いて笑った。

アパートから十五分ほどのスーパーへの道のりを、手を繋いで歩く。夜になると肌寒くなってきた。あなたの手はいつも温かいね、と雄大は呟く。

「ゆうちゃんは、どうしてこんなに冷たいんだろうね」

「心が温かいからでっす！」

決め顔で返すと、それ子供の頃から手が冷たい子はみんな言ってた、と彼女は笑った。

久しぶりにいいことがあった、とじわじわ、喜びが広がる。こんなに足取りが軽いのは、いつ以来だろう。

スーパーへ行く道は昔からの住宅地で、野良猫が我が物顔で闊歩《かっぽ》している。あ、また黒猫が通って行った、と美景は指差す。

黒猫が走っていったのは、新築の建売住宅の側溝だった。物件情報が記載されたチラシが、真新しい郵便ポストに貼ってある。雄大は近づいて、それを眺めた。

「……なかなか、いいお値段がしますなあ」

そうだね、と美景が隣で呟く。

「……ちょっと、高過ぎるね」

「そろそろ家を買ってもいいと思うんだけどなあ。アパートの家賃と駐車料金で、結構飛んでるし」

雄大が言うと、そうかなあ、と美景は首を捻る。

「私はあんまり、家を買うとか、ローンとか、想像がつかないけど。金額が大き過ぎて」

「そりゃあ、この値段はちょっと無理だけど、探せばあると思うよ。今の家賃くらいで払える物件」

本当はこのあたりがいいけどなあ、と雄大はつけ足す。

「なんで？」

「だって、徒歩でしか移動しないあなたでも、よく知ってる地域でしょ。自転車が壊れてから買う様子もないし、車の免許も取らないでしょ？　あんまり知らない場所は嫌じゃない。それにいつも行くスーパーも近いし」

　雄大は歩き出す。美景もそれに続く。

「まあ、探してみようよ。焦らず、恐れ過ぎず。……とりあえず、今日は祝杯あげなきゃ」

　家賃を払い続けるなら、無理のない範囲で家を買うのも手だと考えていたのも事実だ。だけど、今は、妻の努力が実って、自分にも何か変化が欲しいと思ったのかもしれない。

　復職してどれくらいだろうと数えてみて、三年経ったと気づく。

　腹立たしいことは、いくらでもある。毎日、小さな不満を飲み込んで、お腹にころころと溜めている。が、自分を否定する気持ちはなくなってきていた。

　以前は、自分が悪いんじゃないかと思っていた。自分の知らないところで自分の仕事をなかったことにされたり、会社の近くに家を借りずに終電で帰ることに陰口《かげぐち》を叩かれたり――。すべての原因が、自分にあるんじゃないか、と。

　が、復職して大切にしてきたことが、少しずつ評価されるようになってきていた。それは無理をして相手に合わせることではなく、自分の中で譲れないと思って、敢《あ》えて空気を読まずに貫《つらぬ》き通してきたことだった。

　自分の仕事の目途が立ったら、どれだけ周囲が残業していても、気にしないようにして家に帰る。その代わり、一時間早く出社して、誰にも邪魔されずに仕事ができる時間を作る。

　仕様書を作るときは、プログラマーやデザイナーになったつもりで、どう書けば、相手が仕事をしやすいかに重きを置いた。自分の個性を出そうとか、逆に、先輩から習ったことを忠実に守ろうとは思わなかった。すべては、相手が何を望んでいるか。それだけを考えた。

そうしたら、大野だけではなく、別のプログラマーやデザイナーからも、「仕事がやりやすいです」と言われるようになった。後輩から「佐久間さんが、さくっと仕事を終わらせて帰るから、僕もだらだら仕事をしないようにしたいと思いました」とも言われた。

――変わらないことはない。

諸行無常だな、と、前に古本屋で買った文庫を思い出す。住職が書いた生き方の本。

ずっと変わらないことはないのだから、抗って無理をしない。

その通りだな、と美景の手を握り、歩きながら思う。

スーパーでは、バッカスとラミーチョコ、コカ・コーラゼロを買った。お酒を飲まない二人の最大限のお祝いだった。

*

「……ダメだ、酔ってきた」

久しぶりに電車に乗った美景は、顔を真っ青にしてそう呟いた。日曜日の昼過ぎ。早めの昼ご飯にチャーハンを食べたあと、家を出た。担当編集者の三島《みしま》と初めて会うというので、彼女はかなり緊張していた。

例のごとく、待ち合わせの場所まで迷わず行ける気がしないと言うので、雄大が連れて行くことになった。大型書店の講談社文庫の棚の前で待ち合わせ。お互い顔を知らないので、編集者が美景のことが載った雑誌『メフィスト』を持っているので目印にしてください、と言われているらしかった。

「万引きだって思われないかな。大丈夫かな」

いらない心配をする美景に、大丈夫だから、と笑う。

「どこを直すかは、事前にメールで教えて貰ったんでしょ？」

彼女は頷く。

「どういう風に直すか、ちゃんとまとめて印刷してきた」

「じゃあ、なにも心配する必要ないよ、大丈夫だって」

うん、と言いつつ、彼女の顔は暗い。

「……ひきこもり主婦が、いきなり東京の出版社のエリートに会うのは、荷が重い」

その呟きを聞いて、雄大は思わず噴《ふ》き出《だ》した。

「ひきこもりって！」

「……ひきこもりの定義は、仕事や学校に行かず、かつ家族以外の人との交流をほとんどせずに、六ヵ月以上続けて、自宅にひきこもっている状態の人のことらしいよ」

ちびまる子ちゃんに出てくる野口《のぐち》さんのように、顔に影が落ちている彼女は、一点を見つめている。

「交流してるでしょう。担当さんとメールしたり、電話したり。友達と電話したり」

「……ほとんど、っていうのは、どれくらいを指す言葉なんでしょうねえ」

雄大はそれに答えず、目を瞑った。祝杯をあげた夜以来、美景の気分はどんどん落ち込んでいる。せっかく夢が叶ったのに、地獄の底にいるように、テンションは下がっていく一方だった。

正式に発表になるまで、誰にも言わないようにと言われているらしかったが、それにしたって彼女は、一番良い時間を過ごしているはずだった。なのにどうして、こうも、マイナス思考なのだろう。

書店の前まで連れて行き、ここで大丈夫？　と訊ねる。彼女は、うん、ありがとう、と言った。

「終わったら連絡して。そこらへん、ぶらぶらしてるから」

雄大はそう言い、その場を離れた。どこで時間を潰そうかと悩む。近くに他にも数軒、書店があるから覗いてみようかと歩きだす。

――もっと喜べばいいのに。

美景に言いたい言葉が、お腹に溜まっている。でも、あんなにも顔色の悪い妻に、言うべきことではないと飲み込んでいる。それに、自分のコンディションも、整っている訳ではない。八つ当たりになってしまわないか、心配だった。

仕事のやり方を摑めてきたとはいえ、それはないだろうと思うことは、日々起こる。

今、雄大の頭を悩ませているのは、プロデューサーと、とあるデザイナーとの仕事のやり方だった。

本来なら、プロデューサーが実現させたいことを、プランナーである雄大が具体的に仕様書に起こして、プログラマーとデザイナーに発注をかける。出来上がったものをプロデューサーに見せ、これでいいのか判断を仰ぎ、訂正する場合は雄大からプログラマーとデザイナーに指示を出す。

だが、先週、デザイナーがプログラマーや関係者に対して、雄大に相談もなく、勝手に改善策を「決定事項」としてメールした。

いつも通り、一時間早く出社した雄大は、自分にも送られてきたそのメールを見て、驚いた。

——またか。

自分の知らないところで、勝手に何かが進んでいく。自分がやった仕事を無視される。

それでも、鬱になる直前と変わったのは、雄大が「自分は間違っていない」と思えるようになったことだった。自分は器が小さいのか、信用されていないのか、とすべて自分に非があるように感じていたあの頃とは違う。

雄大はデザイナーに、「話を聞いてないのですが、これは決定事項なのですか」と訊ねた。彼女は「プロデューサーから直接指示があった。佐久間さんにはあとで報告する予定だった」と言い訳をした。

デザイナーとプロデューサーが、プライベートでも付き合いがあるらしい、と企画の立ち上げから関わっているスタッフから聞かされた。雄大の前にいた三年目のプランナーも、事あるごとに二人から、ちゃぶ台返しにあい、無視され、病んでいったそうだ。

――バカバカしい。

雄大は溜息を吐いた。と、隣で本を眺めていた客が、こちらを見た。人ゴミにいるのが嫌になり、書店を出た。喫茶店かどこかに入って、時間を潰すことにする。

ジンジャーエールを頼み、腕組みをして目を瞑る。休みの日にまで仕事のことを考えたくない。なのに、思い出してしまう。

あれ以来、二人を見かけると、なるほどな、と思うようになった。仕事だけの関係にしては、距離が近い。言葉遣いが他の人たちに対するものと違って、聞いているだけで、そういう関係なのだと分かる。

プライベートで不倫をしようと何をしようと、雄大の知ったことではない。だけど、それを仕事に持ち込まないで欲しかった。しかもそれが、プロジェクトのリーダーだとしたら、どうモチベーションをあげればいい。

尊敬できない人の下で働くのは、辛い。そんなやつの作品のために、自分のプライベートの時間を差し出したいとは思えなかった。

「打ち合わせ終わったよ！　今どこにいる？」

一時間半ほどして、電話をかけてきた美景の声は明るかった。うまくいったのだろうと推測する。

「近くの喫茶店にいるから、そっちに行くよ。さっきの書店にいる？」

訊ねると、書店の前にいる、と返事があった。

会計を済ませて美景の元に向かうと、彼女は書店の紙袋を抱えて立っていた。

「お疲れさん。どうだった？」

「今までの人生で、一番っていうくらい褒められた。恐ろしいくらい」

喜んでいるのに、どこかネガティブな物言いに、笑ってしまう。

「そうか。よかった。それは？」

紙袋を見ると、

「本、たくさん買って貰った。最近流行《はや》っているものとか、担当編集者さんが好きなものとか。勉強にって」

「よかったね」

雄大は紙袋を持つと、美景の手を取った。

*

デビュー作の改稿と同時に二作目のプロットも考えていきましょう、と担当編集者に言われたらしかった。二冊目も出して貰えるなんてよかったね、と言う雄大に、「なにも思いつかなかったらどうしよう」と、本人は弱気だった。

それでも、毎日パソコンに向かっているようで、デスクの周りは書き散らかしたメモや本の山で荒れていった。

それと同時に、家事も疎かになり、雄大が苛立つ頻度も上がっていった。いろんなことがやりっぱなしになって、忘れ去られているのを見つけてしまうのだ。

ベランダに干された洗濯物が、取り込まれずに放置されてあったり、使ったあとの掃除機が寝室に転がっていたり。賞味期限が切れた納豆が一週間も冷蔵庫にそのままだったこともある。

忙しいからだ、慣れないことをやってるからだ、と雄大はなるべく怒らないようにしてきた。彼女は今、山場を迎えているのだ。

その年の年末は、お互い実家に帰省するのはやめることにした。

雄大は三十日まで仕事だったし、美景もいっぱいいっぱいになっていた。人ゴミに揺られて移動するより、家でゆっくりしたいと意見が一致したのだった。

毎年、帰省していたから、二人きりで過ごす年末年始は初めてだった。

なんだかんだ言いつつ、大掃除をして、すき焼きを食べながら年を越した。

「実家に帰れなかったから、新年の挨拶の電話くらいはしようよ」

美景が言うので、雄大は実家に電話をかけた。

「もしもし、俺。明けましておめでとうございます」

親に電話をするのは、いつも気恥ずかしい。頻繁に親と電話で話している美景には、信じられない距離感らしかった。

何か話題はないか、と考え、まだ美景の小説が出版されることを話していなかった、と気づく。最近、ようやく他言もＯＫになったと彼女から聞いていた。

「そう言えば、いい報告なんだけど。美景さんの小説が出版されることになったんだ。賞を取ったらしくて」

え？　と父親は驚き、声を弾ませた。すぐに側にいる母親に説明している声が聞こえる。そして、ちょっとお母さんに代わるぞ、と父親は言った。

「もしもし、母さん？　そうそう、美景さんの小説が出版されるんだよ。え？　ちゃんと書店に並ぶよ。そうそう」

両親が喜ぶ声を聞いて、素直に嬉しかった。帰省できなかった罪滅ぼしにもなった気がする。また父親に代わり、美景さんにお祝いが言いたい、と言われた。

「美景、父さんがお祝いを言いたいって」

側にいた彼女に携帯を渡す。受け取った彼女の顔が、少し引《ひ》き攣《つ》っている気がした。

「もしもし。はい。そうなんです。ありがとうございます」

だけど、電話に出た彼女の声は明るかった。気のせいか、と思い、側で出番を待つ。

ひとしきり話した後、美景は雄大に電話を代わった。また、ゴールデンウィークに帰れるようにがんばるから、と言い、電話を切った。これから両親は初詣《はつもうで》に行くと言っていた。自分たちもどこかにお参りしようか、と美景に言う。が、彼女は目を真っ赤にして、怒っていた。

「……言わないでって言ったのに、なんで言ったの？」

「え？」

彼女がこんなに怒るのは、いつ以来だろう。そして、その怒りが自分に向けられるのは。でも、理由が分からなかった。

「本が出るって、誰にも言わないでって言ったじゃない！」

ダラダラと涙を流す美景が、雄大を睨みつけた。悪いことをした自覚がないから、なぜ怒られているのか分からなかった。確かに、学生時代の友人たちに言わないでくれ、と頼まれていた。出版されて、酷評を受けているところを見られたくない、と。が、親にも話したらいけないのか。

正直、何がそんなに不安なのか分からなかった。ずっと、夢だったことが実現するのに、それはほんの一握りの人しか叶わないことのはずなのに、どうして言ったらダメなのか。

――妻を自慢することが、そんなにいけないことなのか。

「絶対に言わないでって言ったのに！」

それでもなお、顔を真っ赤にして怒る彼女が、よく分からなかった。ここ最近、家事が疎かになっていることを我慢してきたこともあった。

「……そんなに嫌なら、出版しないでくださいって言え！」

大きな声を、出してしまった。

美景は、うー、と唸りながら、俯《うつむ》いた。

＊

それから雄大は、誰にも話さなかった。彼女の考えていることが、よく分からなかった。どちらが謝るでもなく、そのことに触れないようにして正月を過ごし、また日常に戻った。これまでと変わらない。でも、今、美景の頭の中のほとんどを占めているはずのことに、触れずにいるのは、不自然だった。

キリがいいところでデータを保存して、雄大は席を立った。喫煙者は、ちょこちょこ仕事場を離れることができるから、気分転換になっていい。

休職する三ヵ月前からしばらく、雄大は禁煙していた。だから、昼とトイレ以外はほとんど席を立たなかった。それが悪かったのかもしれない、と今では思う。体に悪いけれど、そのせいで精神を病んでは、〈今〉がうまくいかない。

喫煙所に行くと、プログラマーの大野が先客で煙を吐いていた。お疲れ様です、と声をかけると、彼も、お疲れ様です、と頭を下げた。

デスクが離れているから、仕事以外で話すことはあまりなかったが、最近は喫煙所で会うことが増えた。

「佐久間くんの奥さんって、何をしてる人だったかな？」

大野に訊ねられ、小さく驚いた。プライベートのことを訊かれるのは初めてだった。

「……今は専業主婦ですね」

少し考え、そう答えた。嘘ではない。まだ本は出ていない。それに、本人に誰にも言うなと口止めされているのだから、そう答えるしかなかった。

「ごめんね、急に。個人的なこと訊いて」

大野に謝られ、いえいえ、と手を振る。

「どうしたんですか？　何かあったんですか？」

雄大が訊ねると、実はね、と彼は言《い》い淀《よど》んだ。

「うちの奥さん、家で仕事してるんだけど、なかなか行き詰まっててね。もうやめてもいいんじゃないかと、タオルを投げたいんだけど、それはいいことなのか、お節介《せっかい》なのか、悩んでてさ」

うちと似ているな、と思いつつ、なんの仕事されてるんですか？　と訊ねる。

「実は、小説を書いてるんだけど」

大野が言い終わる前に、え！　っと雄大は声を上げた。大野が驚く。

「……すいません、大きな声出して。あの、実はうちも」

謝り、これはもう話していいだろうと、今までの経緯を説明する。すべてを聞いた彼は、なるほどな、と頷いた。

「正直、妻の考えてることが分からなくて。俺、どうしたらいいんですかね？」

彼はタバコの火を消し、助けてあげたほうがいいよ、と言った。

「結婚したり、出世したり、傍から見たらいいことでも、病気になったりするらしいから」

「……え？」

大野は、はっきりと言った。

「心療内科に、連れて行ってあげたらどうかな」


デスクに戻っても、なかなか集中できなかった。全く考えていなかった。美景がかつての自分と同じ状態になっているかもしれないなんて。

夢が叶ったはずなのに、どうしてそんなに辛いんだ、と苛立ちすら感じていた。でも、それは彼女も同じなのかもしれない。――どうして夢が叶ったのに喜べないんだろう。

その、混乱の中にいるのかもしれなかった。

デスクの上に置いてある携帯が震える。美景からの着信だった。仕事中に電話をしてくることなんて、今までなかった。

雄大は携帯を持ち、廊下に出た。

「もしもし、どうした」

電話の向こうの彼女は、鼻を啜《すす》り上げて泣いていた。

「……ゆうちゃん、今日、何時に帰ってくる？」

腕時計を見ると、まだ四時だった。定時まであと二時間ある。

「定時に上がろうと思うけど、それまで待てるか？」

うん、と美景が泣く。

それを聞いて雄大は、これから早退する、話を聞くから、と告げた。

第五章

夢が叶えば、すべてうまくいくと思っていた。

ずっと非正規雇用で働いてきて、立派な学歴や、特別な技術もない。そんな自分が、いつかまた夫が辛くなったとき、「お金のことは私がなんとかするから、なにも考えずに休んで」と言えるようになるには、夢を叶えるしか、――作家になって小説を出版するくらいのことが起こらなければ――、無理だと疑わなかった。

出版社の編集者から座談会に載ったのは御覧になりましたか？　と電話が掛かってきたとき。あの瞬間が、幸せのピークだった気がする。

人が怖くなって、自分はなにもできないと家に閉じこもっていた自分を、見つけてくれる人がいたのだと、震えた。

無我夢中で書き直し、新しい小説も書いた。素人の文章を読み、感想を言い、アドバイスまでくれるなんて、有り難かった。人生で初めて、こんなにも褒められ、一つ一つの言葉が身に染《し》みた。

――だけど。

正式に受賞が決まり、具体的に物事が進み始めると、急に現実に戻った。自分が書いた小説が本になり、書店に並ぶ。そしてそれを読んでくれる人がいるのだということを、初めて具体的に想像した。――恐怖でしかなかった。

読んでくれた人が、おもしろかったと言ってくれる想像ができなかった。

つまらない、読みにくい、ありきたり、語彙《ごい》力がない、ご都合主義。

辛辣《しんらつ》な言葉がネット上に並ぶところなら、ありありと想像できる。そして、また、自分はダメだと、自分の想像で傷つく。

どうして夢が叶ったのに素直に喜べないのだろう。そんな可愛くない自分が更に嫌いになり、面倒で仕方ない。

そのままの状態でパソコンに向かったって、納得のいく物語なんて、なにも思いつかなかった。そして、こんなに時間を使ったのになに一つ進んでいない、と絶望する。そのループだった。

どうせ喜んだって、出版されたら叩かれて、酷い目にあう。

いつしかそんな偏った考えしか思い浮かばなくなり、夫に口止めした。

――誰にも言わないで。

みっともないところを、知っている人に見られたくなかった。

夫が彼の両親に話しているのを側で聞いていたとき、裏切られたと思った。あれほど念を押したのに、雄大はなに一つ分かってくれていない。

それでも、出版をやめて貰え、と怒った夫に、分かった、とは言えなかった。楽しみだ、という気持ちが、やっぱり心の奥底に残っている。だからこそ、どうしていいのか分からなかった。いいことを望めば、悪いことも引き受けなければいけない。

二作目の作品の題材に、介護殺人を扱ってみたいと言い出したのは、美景だった。介護にまつわる本を取り寄せ、読み込むうちに、もし祖母のような人を介護しなければいけない状態になったら、自分はどうするだろうと深みに嵌《はま》っていった。

あの人さえいなければ、うまくいっていた。そう憎む相手を介護しなければいけなくなったら。

現実ではうまくいかなくても、小説の中でくらい幸せになりたい。そうじゃなければ、生きていく意味なんて見いだせない。

そう思いつめているときにはすでに、沼地に足を踏み入れてしまっていた。もがけば、もがくほどに、身体が沈み込んでいく。

――助けて。

そこでようやく、美景は勤務中の雄大に、電話をかけたのだった。

*

トイレに行きたい、と目が覚めた。重たい頭が枕に沈み込み、鉛でできたように毛布が身体を拘束していて、ぴくりとも動くことができない。夢と現実の狭間《はざま》に意識があって、力を抜くと、すぐさま夢の中に戻ってしまいそうだった。

なんとか携帯に手を伸ばして時間を確認する。——三時。昼ご飯も食べずに、七時間も眠り続けていた。

携帯を握ったまま、また、意識を失い、はっと携帯を見ると、十五分経っていた。なんとか身体を起こして、トイレに移動する。

雄大に心療内科に連れて行って貰って、「適応障害」と診断された。美景の行ったり来たりする話を三十分ほど、担当の女医が真剣に聞いてくれた結果だった。

適応障害というのは、ある特定の出来事や状況が、耐えがたいほどのストレスを与え、気分や行動などに症状が現れるのだという。

小説を出版することや、二作目を書くことが耐えがたいほどのストレスになるのだとしたら、自分はどうすればいいのだろうと、途方に暮れた。が、先生に処方された抗うつ薬や、睡眠導入剤は、きっといい方向に向かわせてくれると、信じたかった。

雄大は「三ヵ月くらい、次の作品を考えるのは休ませて貰ったらどうか」と美景に言った。きっと、彼の経験上、無理して仕事を続けるより、一度離れたほうがいいと思ったのだろう。

美景は担当編集者へのメールの文章をワードで下書きして、添削を雄大に頼んだ。さっぱり文章が書けないのだ。作家になったはずなのに、文章が書けないなんて、と更に落ち込んだ。

メールを送り、仕事を中断して襲ってきたのは、このまま呆《あき》れられて、見捨てられるかもしれないという恐怖と、せっかく時間を割《さ》いて貰ったのに期待に応《こた》えられない情けなさだった。

美景が好きな作家は、デビューが決まった瞬間、大喜びして、担当編集者に「こんなに喜んだ人は見たことがない」と言われたと、何かのインタビューを読んだことがある。自分が編集者なら、そういう相手と仕事がしたい。自分みたいな人間と、仕事はしたくない。

トイレから出ると、寝室に戻るか、リビングへ行くかで悩んで、立ち尽くした。晩ご飯くらいは作って、夫を出迎えたい。だけど、冷蔵庫にはなにもない。買い物に行かなければいけない。

昨日も買い物には行った。が、数日分の献立を考えることができず、その日の分だけを買って、帰ってきた。どうして今日の分も買ってこられなかったのだろう。そして、昨日は、何を作ったのだったか。思い出せない。

美景は寝室に戻り、毛布にくるまった。涙が頰を伝う。どうして、みんながやっているはずのことが、できないのだろう。

今日は買い物にも行けない、作れない、と思う一方で、「本当に？」と訊ねてくる自分がいる。

——あなたは今日、夫を見送ってから、ずっと眠ってただけだよ。なのに買い物に行って、晩ご飯を作ることすらできないの？

どうしても、無理なの。

——本当に？　甘えているだけじゃなくて？

すぐに答えを出せずに、丸まったまま、携帯でレシピを検索する。なんとか作れそうなもの。それでいて、美味しそうなもの。

朝、トーストを食べたきり、なにも食べていないのに、どれを見ても美味しそうだと思えず、ましてやそれを作れるとは思えなかった。

一時間、どうしようか、と考え続け、美景は、やっぱり無理だ、と雄大にメールをする。

——晩ご飯が作れそうにないので、何か買ってきて貰えませんか？

すぐに、了解！　と返信がある。なにもできない、と美景は、また泣けてきた。


雄大がスーパーで買ってきてくれたお弁当を食べ、シャワーを浴びた。着ていたパジャマを洗濯機に入れようとしたけれど、三日分の洗濯物でいっぱいだった。——明日こそは、洗濯しよう。美景は自分に言い聞かせる。

——大丈夫、明日はできる。

洗濯機を回すのが、怖くなっていた。数十分後に洗濯が終わり、それを干さなければいけない状況が、怖い。そのときまで起きていられる自信が毎朝なく、そのままになっている。

「ゆうちゃん、あがったよー。お風呂どうぞ」

美景が声をかけると、はーい、と雄大は言った。

睡眠導入剤を飲んで、ベッドに潜り込む。明日こそは。明日こそは、よくなっているはずだ。そう唱える。

さっとシャワーを浴びた雄大が、浴室の扉を開ける音がする。タオルを取り、頭と体を拭く。と、そのまま寝室へ向かってくるのが足音で分かった。

顔を上げると、雄大が真《ま》っ裸《ぱだか》で、こちらを見ていた。

「……どうしたの？」

美景が訊ねると、洗濯機どうするの？　と雄大は言った。

「なんか、爆発しそうだけど、洗濯機」

明日洗う、と返事をして、どうして夫は裸なんだろうと考える。そして、

「……もしかして、パンツなかった？」

美景が訊ねると、

「ある訳ないでしょ。洗ってないんだから」

と、夫は答えた。

ごめん、と言ったのを聞かずに、雄大はパソコン部屋に向かった。カーテンレールに数日前に干した洗濯物が、ひっかかっているはずだ。

寝室に戻ってきた雄大は、パンツを穿《は》いていた。

「……怒ってる？」

恐る恐る訊ねると、怒らないはずがないでしょう、と雄大は答えた。

「お願いだから洗濯だけはして。パンツ穿かないと会社行けないから」

「ごめんね」

美景は謝り、毛布に潜り込んだ。これ以上、泣いているところを見られたくなかった。

翌朝、雄大が出勤した後、洗濯機を動かした。二回まわさないと無理だと、洗濯物を分ける。夫が「爆発」と言ったのがよく分かる。洗濯物が溢れかえっていた。

寝室や居間に行き、一度腰を下ろしたら、絶対に眠ってしまう自信があった。

美景は録画して溜めておいた〈水曜どうでしょう〉の再放送を流したまま、洗濯機の前に戻ってきた。もう何度も観ているこの番組は、ディレクター陣やミスター、大泉洋《おおいずみよう》の声を聞くだけで、その場面をありありと思い出すことができる。

〈水曜どうでしょう〉を知ったのは、大学生のときだ。まだ大泉洋が全国デビューする前だった。北海道出身の後輩が、「北海道には、こんなにおもしろいローカル番組があるんだ」と教えてくれたのがきっかけだった。だから、北海道のスターが全国区のドラマに出演が決まったとき、身内のことのように嬉しかった。

今でも〈どうでしょう〉が好きなのは、単純におもしろいから、という理由の他に、懐かしさに浸っていたいのだと思う。北海道から東京へ行き、活躍して行く彼の姿に、自分たちの将来を投影していたあの頃。

その後、彼が所属している演劇ユニット〈ＴＥＡＭ　ＮＡＣＳ〉が全国に知られていく姿は、大学で一緒に映画を作った仲間たちの未来に思えた。

――あの頃は、まだ、なんにでもなれると思っていた。まさか三十二歳を目前にして、こんなに、なにもできなくなるとは思っていなかった。

ガタガタ音を立てる洗濯機の前に座り込み、洗濯が終わるのを待つ。

適応障害だと診断される前から、家事は苦手だった。一つ、一つは、できる。だけど、それが積み重なると、急に思考が停止する。先延ばしするようになり、どんどん大きな敵になる。それでも、今まではなんとかやってきた。こんなに洗濯機を怖いと思うことはなかった。

――きっと、元気になればできるようになる。

そう思うけれど、じゃあ、いつ小説が書けるようになるだろう、と不安になる。三ヵ月休みたい、と担当編集者にメールを送った。三ヵ月もある、と思う一方で、三ヵ月しかない、とも思う。

今になって初めて、雄大が休職していたときの気持ちが分かった。先が見えない、身体が思うように動かない焦燥感。

洗濯機がとまり、美景は洗いあがった衣類をカゴに入れ、ベランダに向かった。一回分を干しただけで、もう干すところがなくなった。なのに、今、二回目を回している。なんでこんなことになったんだ、と絶望的な気持ちになる。が、今更、洗濯機をとめる訳にもいかない。

結局、二回目はカーテンレールに干した。湿気《しっけ》で部屋が、むわっとしている。

その日は買い出しに行き、晩ご飯を作った。なにも考えなくていいのと、味付けをしなくていいからと、カレーにした。鍋《なべ》いっぱいに作れば、明日もなんとかなる。雄大は同じメニューが続いたからと言って、文句を言う人ではなかった。

部屋干ししていた洗濯物はまだ乾かず、カーテンレールに干してあったけれど、今日穿くパンツと明日着ていく服はあると確認した。最低限のことはした、と自分に言い聞かせる。

定時で帰ってきた夫は、ただいまー、と言う声が明るかった。玄関まで迎えに行くと、珍しくユニクロの大きな紙袋を下げていた。

「お、カレー作ってくれたの？　うまそう」

うん、と美景が紙袋を見ると、

「いろいろ買ってきましたよー」

と雄大は言った。

「いろいろ？」

美景が訊ねると、雄大はクローゼットの前で紙袋の中身を出した。パンツが五枚と、ポロシャツが五枚。全く同じ物が出てくる。

「俺は考えたのよ。なんで穿くパンツがなくなるのか。どうしたらなくならないのか。その結果がこれよ。なくなるなら、増やせばいい」

雄大が得意げにパンツを見せてくる。

「これで平日、一度も洗濯しなくてもパンツがなくならない！　どう？　俺、偉い？」

パンツの横で決め顔。その落差に涙と笑いが一度に押し寄せた。

「偉い。ありがとう」

いい夫でしょ、もっと褒めてもいいよ、とタグを切る雄大は、本当によく美景のことを分かっていた。洗濯ができないからといって、通勤前や帰宅後に夫に洗濯をして貰いたい訳ではなかった。きっと申し訳なさと不甲斐《ふがい》なさで、もっと自分を責めると思う。

それに、動ける日もあるのだった。自分のペースで、できると思った瞬間になら動ける。

雄大が「できないなら俺がやる」と仕事を取り上げず、二人ともが困らない方法を考えてくれたのが嬉しかった。

＊

「……夢が叶ったら、理想の自分になれているんだと思い込んでたんだと思います。実際はそうじゃなかったから、どうすればいいのか分からなくなりました」

通院し始めて一ヵ月ほどしてから、診療だけでなく、カウンセリングも受けることになった。二週間に一度、四十五分。基本的に、頭に浮かんでいることを美景が話し、それに対してカウンセラーが質問をする形で進んだ。

「理想の自分って、どういう感じだったの？」

カウンセラーがにっこりと笑い、訊ねる。美景は、例えば、と言い、言葉を整理した。

「賞を貰って本を出せるようになったときには、もっとすぐに話を思いつく人になれていると思っていました。まさか、今みたいに、どうやって小説を書き始めてきたのか分からなくなるとは思ってなくて」

美景は担当編集者から「いつもどうやって書き始めるんですか？」と訊かれたことを思い出

す。正直言って、明確な道筋なんて、いつもないのだった。

ただ、ずっとひっかかっていることを、ぐるぐると考え、紙に書き出す。そのうちに、何にひっかかっているのか、どうして気になっているのか、その感情は何なのか、はっきりとする。じゃあ、それを表現するには、どういう設定がいいのか、どういう人物が出てくるのか。そんなことを考えるのは、ずっと先だった。

「……他の作家さんは、もっと早くに、形を思いつくんだと思います。そうじゃないと、年に何冊も出版なんてできないから」

美景が言うとカウンセラーは、

「他の作家さんと同じようにしなければいけないの？」

と訊ねた。

え？　と訊き返す。

「他の作家さんと同じようにしなければ、どうしていけないと思うのかしら？」

なぜだろう、と美景は呟いた。考えたこともなかった。カウンセラーはにっこり微笑《ほほえ》んだまま、言葉を待った。

「……すごく売れている作家さんでも」

まだ自分がどこに辿《たど》り着《つ》くか分からないまま、話し始める。カウンセラーとのカウンセリングは、小説を考える作業に似ていた。——どうして？　なぜ？　普段、改めて考えることのない事柄《ことがら》について、じっくりと掘り下げていく。違うのは、一人ではなく、何を話しても怒らない人と一緒に作業をしているということだった。

「賞をいくつも取ったことがある作家さんでさえ、物凄くたくさん原稿を書いてるって、インタビューを読んでいたら分かるんです。一度に十数本、連載を抱えている作家さんもいて。そんな才能がある人が、それだけ努力をしてるんだったら、平凡な自分は、もっともっとがんばらなきゃいけないんじゃないかって」

なるほど、とカウンセラーは一息ついた。

美景は、自分がそんなことを考えていたのかと、言葉にして初めて分かった気がした。絡まった鎖が、少しずつほどけていくような快感だった。

「それで、もっともっとがんばらなかったら、どうなると恐れているの？」

先生は、訊ねた。

「恐れている……」

美景はカウンセラーの言葉を繰り返した。そして、

「……がんばらなかったら、仕事がこなくなって、小説を発表できなくなるかもしれない」

美景は、やっとの思いで吐《は》き出《だ》した。

そう、とカウンセラーは頷いた。

「あなたは今日、この部屋に入ってきて、まず言ったのは、もう書きたくないのかもしれない、だったのよ。覚えてる？」

カウンセラーに問われ、はい、と頷いた。

「でも、今、あなたは小説を発表できなくなるかもしれないことが怖いって分かったわよね」

手品か何かにあったような気分だった。話していることと、本音が、全くの裏表のようだ。

「あなたが本当にもう書きたくないって思ってたら、悩む必要も、ここに来る必要もないのよ。やめればいいんだから。でも、やめたくないから、悩んでるの」

そう言われ、でも、とカウンセラーに反論した。

「でも、苦しいです。ずっと」

「大切に思っているから、苦しいんじゃないかしら？」

カウンセラーは言った。

「大切なものがなくなるかもしれないって思ってるから苦しいんじゃないかしら？　どうでもいいものなら、なくなっても苦しくないでしょう？」

そうですね、と頷く。

「あと、あなたはきっと、完璧《かんぺき》主義なのね」

「私がですか？」

美景は驚き、思わず大きな声が出た。

「正直、私はズボラでだらしがないので、完璧主義とは程遠いです」

が、カウンセラーは首を横に振った。

「〇か一〇〇で考えてるのよ、きっと。完璧にやらないと、やる意味がないと思ってる。だから、今、ぽんぽんとストーリーを思いつかない自分はダメだと思ってる。そうでしょう？」

そうです、と美景は頷いた。

「完璧にできる人なんて、いないのよ。完璧に見えるだけで、手を抜くところは抜いてるし、ダメだなと思いつつ、続けてる」

でも、と美景は言った。

「でも、他の人はもっと、できてるように見えます」

「そうね。でも、あなたは、あなただから。あなたには、あなたの選んだ道が、他の人には、他の人が選んだ道があるの。もうそれはしょうがないの。比べる必要はない」

それにね、とカウンセラーは言った。

「あなたが恐れていることは、起こらない確率のほうが高いのよ。起きても、また、やり直しなんていくらでもきくの」

今までもそうだったでしょう？　とカウンセラーは首を傾げた。


四十五分はあっという間で、毎回、時間が足りない、と思いながら家に帰った。

電車に乗っていると、車窓から水面が光るのが見えた。

一気に、視界が開ける。

キレイだな、と思うくらいには回復していた。二ヵ月前は、一人、電車に乗っていると、そわそわと落ち着かず、停車駅ごとに降りたい気持ちに駆られていた。そのときは、目の前の景色に意識を向けるような余裕はなかった。

カウンセリング室でのカウンセラーとの時間は、自分が信じている常識を「本当に？」、「どうしてそう思うの？」と疑っていく作業の繰り返しだった。狭まった視野を広げるのは、一人では難しいけれど、他者の思いがけない一言で、ぱっ、と世界が逆転することがある。

応募作を改稿しているときもそうだった。

担当編集者に「例えば、Aという人物の犯行の裏で、Aには気づかれないようにBという人物が、それに加担していた、なんていう可能性を考えたりするんですよ」と、ミステリについて教えて貰っていた、あの瞬間。それまで行き詰まっていたストーリーが、ラストに向かって走り出した。

――ほんの少しの、きっかけ。

最寄り駅に着くと、美景は改札を抜け、近くの書店に向かった。その日は、デビュー作の発売日だった。

緊張はしていた。だけど、絶対に見逃してはいけないと思っていた。喜びだけではないけれど、物事というのは、往々にしてそういうものらしい。〇か一〇〇で分けられない。

書店に入ると、真っ先に新刊台に向かった。たくさんの本が並ぶ中、なかなか自分の本が見当たらない。

ようやく見つけたのは、棚の一番下だった。三冊、棚差しになっている。

――表紙を見せて、面陳列して欲しいな。

そう思い、そんな自分に笑った。

――なんだ、まだ欲があるじゃないか。

あれほど怖いと泣いていたのに、もっとアピールして欲しい、読んで感想を聞かせて欲しいと思い始めている。

少し、元気になっているのかもしれない。

美景は一冊手に取り、レジに並んだ。これからよろしくお願いします、と心の中で書店員さんにお願いする。

本を抱えて家に向かっていると、雄大からメールが届いた。

――会社の近くの書店にも並んでたよ！　目立ってた！　俺も一冊買った！

写真が添付されてある。棚の目線の段に、表紙を見せて陳列されていた。

携帯を構える雄大が目に浮かんだ。いつも構図にこだわり、なかなかシャッターを押さない彼は、どれくらい棚の前にいたのだろう。書店には迷惑をかけたかもしれない。が、一緒になって喜んでくれる人がいるのは、こんなにも嬉しいのだと思った。

＊

担当編集者に伝えた三ヵ月を迎える前に、もう一度パソコンに向かった。

数ヵ月前に書いたプロットのような、企画書のようなものを読み返す。そこにあったのは「キレイごと」や「建て前」、「世間の思う常識」で、美景の本音や共感は、全くないように見えた。

介護を通して、仲が悪かった家族が再生するような話を書こうとしていた。

が、それを書こうとしている美景自身が、それを信じ切れていないのだった。

普段、仲が悪い家族や親戚が、なにか非日常の悪い出来事が起こったときに、更に溝が深まるのを何度も見てきた。

それでも、〈家族だから話せば分かり合えるはずだ〉、〈相手にだって事情があるはずだ〉と、家族という呪縛《じゅばく》に囚《とら》われ、なんとかしようとして深みに嵌っていく人に目を覚まして欲しかった。他人や世間に何を言われ、咎められたって、その人たちが何かをしてくれる訳ではない。どうか、自分の人生を生きて欲しい。

——分かり合えない家族だっている。

そう言い切る小説を書くことが、自分の中でタブーになっていたと気づく。が、それこそがまさに本音で、作品の核になる気持ちだと気づいた。

分かり合えない、けれど、分かり合いたい。

その葛藤こそが、ドラマになるんじゃないか。

ようやく、何かが見えた気がした。

「ただいまー。……また行き詰まってる？」

帰ってきた夫を迎えると、美景の顔を見るなり、夫は言った。美景は首を横に振った。

「ちょっとだけ、抜けた気がする。どろどろの沼から、天使の梯子《はしご》を見つけたような気分。それでテンションが上がってる」

「そうか。それで夜なのに眠れない感じか」

うん、と頷く。

「晩ご飯食べた後、ドライブ行くか？」

「行きたい」

じゃあさくっと風呂に入ってくるわ、という雄大の背中に、ありがとう、と呟く。

プロットを考えているときは大抵、スーパーに行くことさえ面倒になる。きっと、かけた時間に相応しい結果が、残せない日が続くからだ。こんなに時間をかけたのに、考え続けたことが実を結ばないと、——答えが出ないと、永遠に靄のかかった道を歩いている気分になる。

気分転換をすればいいのだと思うが、そもそも何をすれば気分が変わるのか、美景は分かったことがない。寧ろ、何か別のことを始めたら、ずっとそれを続けてしまう怖さのほうが勝るのだった。

例えば、お菓子作りに嵌れば、オーブンをフル稼働させるだろうし、海外ドラマを見始めれば、絶対にラストを見届けるまで、仕事には戻ってこない自信がある。だからこそ、新しく何かをするのが躊躇われた。

——あんたは本当に熱しやすく、冷めやすいわね。

子供の頃から、何度も母に言われたのを思い出す。本当にその通りだと、今なら思う。

でも、一人、家に籠って考えていると、夜には反動で「どこかに行きたい！」と思うのだった。そんな美景を見かねて、雄大はドライブにでも行くか、と誘ってくれるようになった。

夫が運転してくれる車の、助手席に乗っているのが好きだった。

この空間だけは完全に守られていて、どこかへ行っても、絶対に帰って来られる。

ぼんやりと窓の外を流れていく景色を見ていると、意外といろんなものが目に入るのだった。散歩をしている犬の嬉しそうな尻尾《しっぽ》や、こちらが恥ずかしくなるくらいにぴったりと寄り添って歩く恋人、道を譲ると何度もお辞儀をして走り去っていくトラックの運転手——。

家に一人で居たら忘れてしまうような人たちの存在を、こうやって思い出して、生きているのも悪くないな、と確認していく。

「それで仕事のほうはどうですか？　順調？」

雄大に訊ねられ、うーん、と返答に悩んだ。

「一歩、前には進んだ。今まで書いたのは、違う、って分かったから」

美景が言うと、どういうこと？　と訊ねられた。

「これまで書いていたものを、ずるずる直しても最後まで辿り着かない。そうじゃないって分かったから。だから、一から書き直す」

え？　と夫は眉間に皺を寄せた。

「一から？　全部捨てるの？」

「うん。正解じゃないって分かったから」

雄大は、それはどうなの、と咎めるように言った。

「編集者の人と話し合って書いてたプロットでしょ？　休みたいって言う前に、わりと進んでたんじゃなかった？」

そうだけど、と美景は口籠《くちごも》った。

「どうしてあなたは、そうやって積み上げたものを壊そうとするの？　少しずつ、着実に進めていくのが仕事じゃないの？」

雄大のはっきりした口調に少し怯む。だけど、

「それでも、これじゃないって分かったら、こっちだってほうを書かないと」

雄大は少し黙った。その横顔を見ていると、やっぱり前のプロットのほうがよかったのかな、と言ってしまいそうで、前を向いた。

「……陶芸家みたいだな」

そう呟いたので、え？　と訊ねると、

「ほら、よくあるじゃない。陶芸家のじいさんが、焼きあがった壺《つぼ》を見て、違う！　って地面に叩きつけて割るような演出。それを見ていた人が、もったいない、って悲鳴をあげるような」

「ああ。あるね。頑固なおじいさんって感じの陶芸家」

あなたはそれに似てるよ、と雄大は言った。

「何を言ったって、こうと決めたらそうする。頑固だよ、俺より」

「え？　ゆうちゃんより頑固？　それは心外だな」

美景が反論すると、いや、絶対そうだね、と彼は笑った。

＊

無事にプロットが進み、原稿を抱えながら年を越したけれど、美景の体調は安定していた。

その建売住宅の物件を見つけたのは、アパートの郵便受けに入っていたチラシがきっかけだった。

日曜日の午前中にスーパーへ行き、昼に帰ってきたときに、雄大が見つけた。

昼ご飯にチャーハンを作っていると、これ見て、と呼ばれた。

「これ、スーパーの近くじゃない？」

チラシに印刷された地図を見ると、確かに今、買い出しに行ったスーパーの目の前だった。

「ここ、空き地になってたっけ？」

雄大に訊かれ、いや、と答える。

「まだ古い民家があった気がしたけど……」

そうだよね、と言いつつ、彼はチラシを熟読していた。

「気になるの？」

夫が何かに興味を持つのは久しぶりだった。

ダイエットで会社から走って帰るようになって以来、平日はずっとジョギングウエアで出社しているし、ウエア自体もバリエーションはなく、同じものを五着買っているため、いつ見ても同じ服を着ている人だ。

仕事で考えなければいけないことがたくさんあるから、それ以外のことでは、なるべく考えないですむようにしたいのだと、雄大は言っている。だから、靴下も全部同じ黒だし、髪も髭も、バリカンで剃り上げている。

いつの間にか僧侶《そうりょ》のように物欲がなくなり、誕生日に何が欲しい？　と訊ねると、なにも思いつかないから苦しい、と眉間に皺を寄せるようになった。

そんな夫のアンテナが動いている。

「ほら、いつだったか、前に話したでしょ。家を買うならここら辺がいいなあって。ちょうどその家の真向かいだよ、これ」

雄大はもう一度、チラシを見せた。

「あの家は値段がかなり高かったけど、ここは土地が狭いから、かなり値段が安いよ。ここなら無理なく、買えるんじゃないかな。どう思う？」

キラキラ輝く雄大の目を見ていると、本音を言うのが躊躇われた。美景はお金を使うのが怖かった。住宅ローンとはいえ、借金に変わりはない。どうしても、祖母の醜態を思い出してしまう。ああは、なりたくない。

それに、ローンを抱えてしまえば、転職だって簡単にできなくなるんじゃないかと、心配だった。以前ほどではないが、雄大が仕事に行きたくないという日がなくなった訳ではなかった。

でも、今の不安を雄大に押しつけるのは違う気がした。自分のせいで、選択肢を狭くして欲しくない。

「……まだ分からないけど、気になるんだったら話だけでも聞きに行ってみる？」

そうしようか、と、夫はいつになく乗り気だった。

「お昼食べたら、すぐに行ってみようよ」

鼻歌を歌い出しそうな夫に、分かった、と言い、コンロに火を点《つ》ける。耳に、祖母の泣き声が響くような気がした。

車で二十分ほどの不動産会社に行き、チラシを見て興味を持ったと雄大は説明した。

対応してくれた男性のスタッフは、「これ、僕が午前中に撒《ま》いたチラシですよ。どこにお住まいですか？」と驚いた。

雄大が今住んでいるアパートの住所を話すと、

「ああ、なるほど。じゃあ、この物件からわりと近いですよね」

と彼は言った。スーツの胸ポケットについている名札に、野々《のの》村《むら》、と書いてある。

「そうなんです。いつも利用してるスーパーに行くときに、このあたりにいい物件があったらいいよねって話してたんですよ」

「あ、じゃあ、ちょくちょく、物件を探してたりはしていたんですか？」

いや、と雄大は首を横に振った。

「具体的にはまだ、そんなに動いてなくて。そろそろ探してみようかなと思ってたら、偶然チラシを見て、あ！　と思って」

「じゃあ、運命の物件！　って感じだったんですね！」

野々村は、大袈裟に頷いた。

「いや、実は、今日の午前中に初めてチラシを撒いたのに、もう三件、問い合わせの電話をいただいておりまして。やっぱりあそこは、立地がいいんですかね」

「便利だと思いますよ。スーパーも近いし、小学校も中学校も、ありますからね」

雄大が言うと、あー、ですよねー、と野々村は頷いた。

野々村はこの物件をローンで買うとしたら、という計算をして二人に見せた。頭金をこれくらい入れたら、月々これくらいの返済額になります、と彼が提示した額は、今の家賃と駐車場代よりも、随分安かった。固定資産税を足しても、きっと今と同じくらいになるはずだった。

「もしよかったら、これから現地と、似た間取りの物件を見に行ってみませんか？　紙に書かれてあるのを見ていても、想像しにくいと思うので」

そうしようか、と美景の顔を見た雄大は、いつになく楽しそうだった。急展開についていけないと思ったが、不動産会社で話を聞くというのは、こういうこともセットなのかもしれないと思い直す。

「うん。そうしよう」

と美景は答えた。


三十分ほど車で走った場所に、まだ完全に完成はしていない建売物件があった。間取りは多少違うけれど、リビングやダイニングキッチンの広さは大体同じなのだと、野々村は言った。

まだ誰が住むか決まっていない、完成前の家に上がりこむのは、どこか背徳感があった。これから持ち主になって長く住む人より先に、他人が足を踏み入れ、あれこれ見て回るのはどうなのだろう。

とはいえ、実際に部屋に立ってみると、気分が高揚《こうよう》した。

実家はずっと社宅だったから、一軒家に住んだことがない。それは雄大も同じで、この解放感は初めて味わうものだったらしい。

「広いですねー」

雄大が思わず呟くと、

「リビング、ダイニング、キッチンを合わせて、全部で十五畳くらいなので、そんなに広い訳じゃないんですけどね」

野々村が言った。

さっきまで少し、口が上手《うま》い人だなと思っていたけれど、少し見直した。こちらに合わせて「広いですよねー」と言わないのは好感が持てる。

「今は、家具や電化製品が入ってないから、広く見えるかもしれないです」

そうか、と雄大が頷く。

「でも、今のアパートよりは、ずっと広いですから。二人だし、広過ぎても掃除が大変だから」

雄大が言うと、そうですね、と野々村は笑った。

「ああ、そう言えば、キッチンに食洗機を置いたりするつもりはありますか？」

彼は美景に訊ねた。え？　と訊き返す。

「キッチンもここと同じメーカーで、同じ型の物を入れることになってるんです。色は今からでも選べるんですけど。食洗機はついていないので、後から買ったものを置くためにコンセントはついてます。だけど、ちょっと狭くなるかなー」

食洗機なんて考えたことがなかった。そもそも取扱説明書を読んだり、機械を触るのが苦手なので、手で洗ったほうが楽だと思うタイプだ。

「あ、大丈夫です。僕が食洗機になるんで」

美景が答える前に、雄大が手を上げた。

「旦那さんは、家事をする方ですか？」

「料理は全くできないですけど、洗い物はします」

えー、すごいなー、と野々村は初めて素を出した。

「僕は、家事も育児も全部妻に任せてるので。奥さん幸せですねー」

そうですね、と返事をしつつ、世の女性に聞かせたら非難されそうだな、と苦笑した。

ここに来るまでの車中でも、そういう瞬間が何度かあった。確か、結婚してどれくらい経つんですか、と訊かれた流れで、野々村の結婚話になった。

――仕事が終わって、家に帰って洗濯を回しているときに、そろそろ結婚したいって思ったんですよねー。洗濯してくれてあって、食事も用意されてるなんて、最高に癒《いや》されるじゃないですか。

あなたが欲しかったのは家政婦なんですね、と思いつつ、そうですね、と同意しておいた。

そして「私みたいな嫁が来たら、洗濯機が爆発しそうなくらい洗濯物が溜まって、風呂上りにパンツがないと泣くことになりますよ」と、自虐的に思う。

「じゃあ、次は現地に行きましょうか。まだ前の建物が残っていて、これから更地にするところなので、あんまり想像がつかないかもしれないですけど」

野々村がそう切り出したので、はい、と雄大が言った。

現地を見た後に不動産会社に戻る車中で、野々村は、どうでしたか？　と訊いてきた。

「さっき会社に電話したら、また何件か問い合わせがあったみたいで。ちょっと競争になるかもしれないですね。やっぱり、なかなか出てこない物件なんで」

そうなんですか、と前のめりな雄大に、はい、と野々村は言う。

「あのあたり、古い民家が多いけど、持ち主が高齢で、亡くなったあとに、ご家族が売りに出されて、世代交代しているところなんですよ」

野々村は続ける。

「今回の物件は、土地が狭いから金額が周囲の新築物件より抑えられてるんです。このあたりは便利だから土地が高いですからね。この物件みたいに三階建ての方が費用が抑えられるんです」

だから人気なんですよ、と言いつつ、野々村は赤信号で止まった。

「なるほど」

雄大が頷く。

「これからもあのあたりで売り物件が出るかもしれないですけど、この値段は無理だと思いますね」

野々村は振り返って、後部座席にいる美景の反応を見た。

「奥さんはどうですか？　こんな家に住みたいとか、希望があったりするんですか？」

「いや、私は特に……」

そう返事をして、ちょっとニュアンスが違った、と思う。ぼんやりとした夢として、ログハウスに住んでみたい、という気持ちはあった。これは父の影響をかなり受けている。日曜大工《だいく》が趣味である父は、美景が子供の頃から「将来は自分でログハウスを建てて住みたい」と語っていた。が、それは叶わなかったのだが。

夢というのは往々にして、現実的ではない。そういう意味で、美景は家に対して〈現実的な希望〉はなかった。

「だったら、絶対に買いだと思いますよ。金銭的にも、これ以上出してもいいっていう気持ちはあるんですか？」

そう問われ、いえ、と美景は答える。多大な住宅ローンを抱え、そのことばかりを考える生活は耐えられない。

「それならやっぱり、これ以上の物件はないですよ。希望していた場所で、希望していた値段。迷うことはないと思うけどなー」

野々村は饒舌に話し始めた。

「いや、僕ね、親が早くに亡くなって、妹と二人で暮らしてたんですけど。一番大きかったのって、家賃なんですよね」

そうなんですか、と雄大は相槌を打つ。

「だから、結婚して、子供が生まれて、すぐに家買ったんですよ。俺が死んでも、家があればなんとかなるかなって。残してやりたいなって」

美景は小さく頷き、本当だろうか、と疑う自分が嫌になっていた。野々村の今語る言葉はセールストークで、すべて作り事なんじゃないか。いや、事実である部分があっても、家を買わせるために誇張《こちょう》しているのではないか。

「この後って、どういう手続きをしていくんですか？　家を買うなんて初めてだから、なにも分からなくて」

雄大が訊ねる。

「まず、住宅ローンの仮審査の申し込みをします。それが通ったら、売買契約ですね。で、正式に住宅ローンを組むことになるんですけど。今、もう一組、仮審査をしているお客様がいらっしゃるんですよ。だから、早い者勝ちになるんですけど。仮審査に通るか通らないか、通るとしてもどれくらい時間がかかるかは、お客様の他のローンの状態なんかで変わるんですよ。佐久間さんは、車のローンとかあったりしますか？」

「いや、ないです。ローンはなにもありません」

「だったら、早く通るかもしれないですね。どうしますか？」

雄大は美景に「今日できるところまでやって貰おう」と言う。その目は真剣だった。

「……え？　それって、家を買うってこと？」

「絶対に早く動いたほうがいい。俺、こっちに来たときにアパート探したとき、ここに決めようって思った瞬間に、別のやつにとられたんだ。本当にいい物件って、タッチの差で奪われるから」

それは賃貸の場合で、ローンを組んで買う家を、チラシを見たその日に買うなんてことがあるだろうか、と美景はない頭で考える。が、雄大は久しぶりにやる気になっている。ここに水を差すようなことはしたくなかった。

「……じゃあそうしようか」

美景はそう言って頷いた。きっと、持ち帰って考えたって正解は見つからない。

＊

そういう経緯で家を買いました、とカウンセリングで話すと、さすがにカウンセラーも驚いた様子だった。

「前から家を買おうって相談していたの？」

いや、と美景は記憶を辿る。

「買ったほうが家賃を払い続けるよりいいかなって、ちょっと話したことはあるんですけど。ここらへんだったら便利だねって。ただ、具体的に予算を話し合った訳ではなくて……。なにより」

美景が口籠ると、他にも気になることがある？　とカウンセラーは訊ねた。

「家を買ったら、仕事を辞めにくくなるけどいいのかなと思って」

「それはあなたが？」

あ、違います、と返答して、言い方が悪かったと言い直す。

「夫が、です」

カウンセリングの初回か、二度目だったか、雄大が鬱で休職したことがあると話してある。カウンセラーはパソコンで美景が話したことを記録している様子だったが、覚えているだろうか。ふと、このパソコンの中には、いろんな人の弱点が詰まっているのだと思う。カウンセリングを受ける人は、きっと皆、よそで話せないことを吐露しているはずだった。

「旦那さん、今も仕事を辞めたいって言ってるの？」

その質問への返事は難しかった。

「仕事が嫌だとか、行きたくないとか、宝くじが当たらないかなとか、そういうことは毎日言ってます。ただ、休職した頃とは違う言い方のような気もします」

「どういう風に違うのかしら？」

なんというか、と言葉を探す。

「……前は自分自身を疑っている感じがしました。自分が悪いんじゃないか、がんばれてないんじゃないか。そういう風に。だけど今は、ただ、行きたくない、と。でも」

ひっかかっているのはなんだろう。何が違うんだろう。その違和感を、今日、ここで探して帰りたかった。

「……夫は多分、今、自分のことは疑ってないと思うんです。自分の仕事のやり方が間違ってるとは思っていなくて。ちゃんと自信を持っていて。でも、行きたくないって。どうして行きたくないんだろう」

仕事に行きたくないって思っている人は、たくさんいると思うけど、とカウンセラーは前置きして言った。

「旦那さんに、仕事に行きたくないって言われたら、どう思うの？」

数瞬黙り込み、そして、

「……申し訳ないって思います」

そう、吐き出した。

「結婚して、二回、仕事を辞めて、今、好きな仕事をしているはずなのに、なかなかうまくいかなくて。正直、金銭的なことを考えたら、同じ時間、パートをしたほうが稼げるくらいの金額にしか今はならないんです」

分かってはいたけれど、新人作家の初版部数は少ない。当たり前だ。認知度も人気もないのだから。それでいて遅筆だから、本数で稼げる訳でもない。

声をかけてくれる編集者は、他にもいるのに、と、もどかしく思う。デビュー作を読んで、いくつかの出版社の編集者から、熱い感想を書《か》き綴《つづ》ったメールを貰った。仕事だから、と自分に冷静になるよう言い聞かせたが、それでも嬉しいほど、美景の意図を汲《く》み取《と》り、褒めてくれていた。

「お金のためだけに、小説を書いてるの？」

カウンセラーに問われ、首を横に振った。

「前、先生に言われたみたいに、小説を書くのをやめますって編集者に宣言したって、隠れて小説のことを考えてると思います」

そうね、とカウンセラーは頷いた。

確か、カウンセリングを初めて、二ヵ月ほど経った頃だ。

すべてを辞めて、専業主婦のスペシャリストを目指したほうがいいんじゃないかと、美景が戯言《たわごと》を話した。カウンセラーは「あなたにそれは無理よ」と言った。

——だって、外に出したい言葉が身体の中に溜まってしまってしょうがないんでしょう？

家庭に収まって、穏やかに生きていくなんて、きっと一ヵ月で飽きるわよ。

それはカウンセラーとしての言葉なのか、彼女自身の感想なのか、どちらだろうと戸惑った。まさか病院で、友人に断定されるように、意見されるとは思わなかった。が、うまいか下手かは別として、何をしていても、これは小説になるだろうか、とすべてのことをそういう目で見てしまう。それはもう、癖《くせ》のようなものだった。

「……自分だけが、幸せになってるんじゃないかって、不安なんです」

話しながら、これが不安の原因か、と思い至る。

「夫を犠牲にして、私だけが幸せになってるんじゃないかって、それが心配になるんです。……祖母みたいに、なりたくないから」

「借金をしていたお祖母さんみたいに、ってこと？」

美景は頷いた。

「やっぱり、お金のことを考えると、祖母のことを思い出します。経営が悪化して、お金を借りなきゃいけない状態になるというのは、商売をしていれば、そういうこともあるんだろうと思うんです。だけど」

小さく、息を吐いた。いつまでこだわっているのだろう。もう終わったことなのに。でも、そういうことを話す場なのだ、と口を開く。友人に話している訳ではない。お金を払って、カウンセリングの時間を貰っているのだ。遠慮する必要はない。

「でも、やっぱり許せないんです。返す当てなんて全くないのに、泣き落としで、その場しのぎでお金を奪っていったのは。貸してくれなきゃ死ぬ、同居する息子に言ったら死ぬなんて、脅し以外の何物でもないから。父が会社で働いて、母が守っていたお金を、いくら親だからって、祖母がいいようにしていい理由なんて、一つもない」

「それと、あなたと、どういう風に似ていると思うの？」

カウンセラーに問われ、それは、と口籠る。

「夫が稼いだお金で、……それも行きたくない仕事をして稼いだお金で、なにか楽しいことをしても、罪悪感が残って」

「あなたも仕事をしてるし、家事だってしてるでしょう？」

そうなんですけど、と釈然とせず、反論する。

「でも、私のほうが大雑把で、夫が思うようにはできてなくて、それで」

うまく言えない、と眉間に皺を寄せる。何にひっかかっているというのだろう。だけど、カウンセラーはすべてをお見通しのようだった。

「また、完璧にできない自分はダメだって思ってない？」

訊ねられ、はっとする。

「失敗するのが、怖い？」

カウンセラーが微笑んで、首を傾げる。美景は、そうですね、と頷いた。

「祖母みたいに、失敗するのが怖いです」

「そうね。……でも、その失敗って、巻き返せないかしら?」

そう問われ、いえ、と首を横に振った。

カウンセラーは、そうよね、と笑った。


駅に向かいながら、違う、と美景は思った。カウンセラーに話したことは、正確ではなかった。カウンセリング室に戻って、間違えました、と言いたくなる衝動に駆られる。でも、そんな必要はない。カウンセラーが答えを求めているんじゃなくて、自分が答えを知るために、病院へ行っているのだから。

夫に仕事を辞めて欲しくない。今、我が家の生計は、彼が働いてきたお金で成り立っている。それは間違いない事実だった。

だからこそ、夫には幸せでいて欲しかった。できることなら、仕事に行くのが苦痛でなければいいと思う。——それは、私が罪悪感を抱かないために?

身勝手だ、と思う。祖母と同じくらい身勝手だ。

結局、自分のことばかりを考えているんじゃないのか。でも、どうしても考えてしまう。自分のせいで、雄大は仕事を辞められないんじゃないか。

が、こんな身勝手な自分でも、考えてないふりくらいはできるはずだ、と言い聞かせる。

雄大の前で、ちゃんと笑って、家を建てる不安なんて感じていないように見せることくらい。

自分の不安を、雄大に押しつけるのは、もうやめにしたかった。

第六章

会社から走って帰る途中で、家が建つ通りに寄り道するようになった。

古い家屋が更地になり、基礎が建てられ、少しずつ家の形になっていく姿を、毎日見守った。

スーパーに買い出しに行ったときは、美景も眺めているようで、「更地になった」、「骨組みができてた」と、時々写真が送られてきた。

今日も、会社から十キロのジョギングの途中に立ち寄り、〈我が家〉を眺めた。いつもは子供が近くで遊んでいるから、横目で見るだけだったけれど、今日は人通りがなかった。立ち止まり、じっくり眺める。

昼休憩の時間に、写真が送られてきた。もうすっかり家の形になっていたよ、と妻が言う通り、ほとんど完成しているように見えた。

不動産会社から連絡があった引き渡しの日時は、偶然にも七回目の結婚記念日だった。

――まさか、俺が家を買うとはなあ。

子供の頃、思ってもみなかったことになってきたな、と、一人思う。

自分は人と違うと思ってきた。いや、思わないとやっていられなかったのかもしれない。

美景と子供時代の話をすると、共通していえるのは、あまり友達がいないタイプだったということだ。

――流行りの漫画とかドラマとかって、ついていけてた？

美景が言うので、なんで？　と訊ねると、

――私、本当についていけてなかったんだよね。クラスの子が話していても、なんのことだか分からずに入っていけなくて。例えば、『金田一少年の事件簿』とか。

――漫画？

――ううん、ドラマのほう。堂本《どうもと》剛《つよし》の。

ああ、と雄大は頷いた。

――小学生の頃だったかなあ。もう、みんなが堂本剛のファンで、金田一のドラマの話で持ち切りなんだけど、私、知らなくて。てっきり金田一耕助のほうだと勘違いしてたんだよね。

感慨深そうに言う美景に、それでは話が嚙み合わないわな、と言った。

――そうなんだよ！　金田一少年ってなに？　おじさんじゃんって思ってたんだけど、訊こうとも思わなかったんだよね。で、大抵数年経ってから知って、気づくの。ああ、みんなが話してたのはこれのことかって。

苦笑する美景に、雄大も似たようなエピソードを話した。

――俺の場合は、ポーターだな。

――カバンの？

美景に訊かれ、そう、と答える。

――高校のときかな。吉田《よしだ》カバンがめっちゃ流行ってるって聞いて。それがポーターっていうブランドを作っているメーカーとか分からずに、近所の鞄《かばん》屋のことだと思ったんだよね。あったのよ、じーちゃんがやってる古い鞄屋が。そこが〈吉田鞄店〉っていう名前で。

――吉田さんっていうおじいちゃんがやってるお店。

そうそう、と雄大は笑った。

――なんでこんな小さくて古い鞄屋のカバンがいいんだろうなあって不思議だった。友達がいないと、そういうのに疎くなるよな。どこでその情報を仕入れるんだって話で。

そうだねえ、と美景は笑う。

――今はネットがあるから、情報がどんどん入ってくるのかもしれないけど。私たちの時代はそうじゃなかった気がするなあ。

――いいんだか、悪いんだか。

――ねえ。

そんな会話をしたのはいつだっただろうか。結婚してからだったと思う。長い休みを一緒に過ごしていたときだったかもしれない。

自分は人とは違うと思っていた。子供の頃から。最初はそれが嫌だったけれど、少しずつ、それがアイデンティティーになっていた気がする。――お前らとは違う。そう思うことで、一人、立つことができた。

それが、今は満員電車に乗り、マイホームを建てている。子供の頃、思い浮かべていた三十四歳とは違ったけれど、それも悪くない、と思い始めていた。

幼《おさな》い頃から腹の中に抱えていた炎が、もうずっと、小さく、穏やかになっている。小さくなりかけると、油を足し、消えないようにして生きてきた。そうしないと、走り続けられないと思っていたから。でも、本来、そういう風に無理やり自分を奮い立たせるのは、性格に合わないのかもしれないと思う。——争いたくない。平和に過ごしたい。

ひとしきり〈我が家〉を眺めると、雄大は〈仮住まい〉へと走り出した。

*

引っ越し当日、雪は降らなかったけれど、かなり気温が下がった。

一ヵ月ほど前から、少しずつ段ボール箱に詰めていた荷物は、二人暮らしにしては多いほうだった。特に美景が本を詰めた箱はかなり重く、引っ越し業者の若い男の子が思わず、うわ、と声を出したほどだ。

新居に着くと、荷物ごとに指示を出して、各部屋に運んで貰う。寝室とリビング以外に、二部屋あって、美景と雄大、それぞれの書斎にした。

最初こそ、贅沢過ぎるんじゃないか、と悩んでいた美景だったが、本棚やデスクが運び入れられたのを見て、嬉しいなあ、と言った。

八割ほどの荷物が運び入れられたのを見て、雄大は美景に「ちょっとスーパーで温かいコーヒー買ってきて。人数分」と頼んだ。分かった、と彼女は雄大からお金を受け取り、走り出す。引っ越しスタッフは三人だと聞いていたので、人数分の心づけを用意してあった。が、近所でもう一件引っ越しがあり、そちらのほうが早く終わったので、応援でもう三人が助《すけ》っ人《と》で来てくれたのだった。

美景が用意してくれたポチ袋や現金は、底をついていたので、せめて帰りに車で暖まって貰おうとコーヒーを手渡したかった。

「これですべて運び入れました。撤収作業に入りますね」

現場で仕切ってくれていた中年の男性に、ありがとうございました、と頭を下げる。そのとき、美景がちょうどいいタイミングで、スーパーから帰ってきた。雄大はそれを受け取り、

「今日はありがとうございました。これ、少しですけど。みなさんで、飲んでください」

コーヒーと心づけを渡した。

彼は、えらいすいません、と頭を下げ、若いスタッフに、

「これ、旦那さんからいただいたで！」

とコーヒーとポチ袋を見せた。彼らは、ありがとうございますっ！　と頭を下げた。

すべての作業が終わって、玄関でサインをする。書類とボールペンを受け取ると、中年の男性は、おおきに、と言った。そして、

「いいお家《うち》ですねー。僕も家、買いたいんですけどね、子供が多いんで。でもなかなかねー」

今日、初めて、私的な話をした。ありがとうございます、と頭を下げる。すると、

「旦那さん、お仕事がんばりはったんですね！　じゃあ！　ありがとうございました！」

そう気持ちよく言い、車に乗り込んでいった。それを玄関の外で見送る。

いい人たちだったね、と美景が隣で言った。

「本が重くて申し訳なかったけど。なんか、みんな楽しそうだったなー」

そうだな、と雄大は言い、中に入った。美景も、寒いっ、と言いながら後に続いた。

さっき言われた何気ない言葉が、じわじわと広がる。

——お仕事がんばりはったんですね！

はい、がんばりました。そう素直に言いたい気分だ。

「アパートの片づけは明日にして、今日はもう、飯食って、お風呂に入って寝よう。スーパーの弁当でいい？」

家具が入ったリビングにたたずむ美景に、そう訊ねる。

「うん。買いに行こう」

二人で真新しい扉の鍵を閉める。なにもかも、新鮮だった。

歩いて数分のスーパーへ行く途中、美景が、

「ゆうちゃんって、こういうときは、ちゃんとしてるよね」

と言い出した。

「こういうときって？」

雄大が訊ねると、

「うーん、なんていうか、人に何かして貰ったときに、ちゃんとお金を使うというか、気を遣うというか」

　と美景が言った。

「さっきも、コーヒー買ってきて、とか、心づけいくら払えばいいかなとか。あと、引っ越し業者を決めるときもそう。見積もり取って貰ったときに、安いほうの業者を選ばなかったじゃない」

　ああ、と雄大は思い出す。

　雄大も美景も、引っ越し業者に頼むのは初めてだった。結婚したときは、雄大は自分の車で運んだし、美景も父親の車に載せて貰った。

　ネットで調べたら、複数の引っ越し業者に見積もりを取ってから決めたほうがいいと書いてあったので、二社に実際にアパートまで来て貰い、荷物の量を見て見積もりをして貰った。

「あのとき、一社目の人は、現場から営業になった人で、平均的な二人暮らしの荷物より多いって見積もって、必要な段ボール箱の量も、かかる時間も、経験値で話してたじゃない？　だけど二社目の人は、ちゃんと確認してなくて、こっちが想像していた段ボール箱の数とも違って。で、挙句の果てに、家に来た時間帯からして自分は二社目だから、一社目より低い金額の見積もりを出せば決まるって考えてるのが、丸分かりだったじゃない」

「いや、あれはちょっと、酷かったわ」

　雄大は顔をしかめた。

今、次の業者が来る前に決めてくれたら、もっと値引きができる、いくらだったら即決してくれるか、と土下座をしかねなかった彼に、そういうことじゃない、と思った。

「あのとき、ゆうちゃんが言ったでしょ。お金じゃないんですって。大切な家財を運んで貰うんだから、お金は必要なだけ払います。頼みたい相手を探してるんです。今、決めることはしないので、帰ってくださいって。あれ、ちょっとかっこよかったよね」

美景に言われ、少し、照れた。

「ちょっとだけ？」

誤魔化すように訊くと、

「ちょっとだけね」

と、美景も笑った。

「でも、そういうのが大切な気がしたんだよね。ほら、私、基本、ケチだから」

彼女が自嘲気味に笑うので、そう？　と訊ねる。

「お金を使うのに罪悪感があるし、損したくないってどこかで思ってる。なのに、頭よくないから、どうしていいか分からないし、使っていいボーダーも曖昧で。でも、今回、ゆうちゃんが、ちゃんとした仕事にはお金を払いたいんだ、そういうものだろうっていう姿勢を見せてくれて、嬉しかったんだよね」

繋いでいる手が、少し汗ばむ。

「ほら。最近、安く手に入れるのが当たり前、定価で買ったら損、みたいな流れがあるじゃない？　本だってそうで、『発売日当日に買わなくても、少し待てばフリマアプリで買える』みたいな。新刊を買う必要ありますか？　みたいなコメント見ると、悲しくなるんだけど。それを一生懸命作った人が、たくさんいる訳じゃない」

　美景は苦笑しつつ言った。

「すべてにお金をかけるのは無理だけど、自分が大切なものには、ちゃんとお金を使いたいなって思った。それが、自分の価値観なんだろうなあって。ついついケチになっちゃうけど」

　うん、と頷き、雄大は美景の手を強く握った。

　スーパーで買ったお弁当を食べ、お風呂に入って、寝室で寝た。畳の部屋は久しぶりだった。新居ではベッドではなく、布団にしようと美景は言った。ダブルベッドだと、気を遣って目が覚めちゃうことがあるでしょ？　と。知ってたのか、と雄大は思った。

　風呂に入ったとき、少しのトラブルがあった。先に入った美景が「シャワーが出ない！」と叫んで、さっき着ていた服をもう一度着て、出てきた。どうやらシャワーの止水栓が締まっていたらしく、雄大は段ボール箱の中から工具箱を取り出し、マイナスドライバーで緩《ゆる》めた。

　シャワーを浴び、パジャマで出てきたばかりの美景は、すでに「寒い」と言っていた。真冬だというのに、エアコン工事は二日後の予定だった。

　雄大は「とりあえず、浴室暖房をつけろ、我が家の暖房器具は、今、これだけだ」と言い、美景は「ラジャー」と言った。

布団に潜り込む前に、荷物の中から湯たんぽを見つけ、準備してから寝室に向かう。それでも寒くて、美景は猫のように自然に、雄大の布団に潜り込んだ。後ろから抱え込み、彼女のつむじに顎《あご》を乗せる。冷え性の雄大と違い、彼女はいつも体温が高い。湯たんぽ、と言い、雄大はパジャマの裾《すそ》から手を入れ、お腹を触った。

「……ちょっと太ったねえ」

雄大が呟くと、うるさいやい、と美景は言った。

「百キロになったくせに」

「俺は痩せたもーん」

私もすぐに痩せるもーん、と呟いたかと思うと、寝息が聞こえてきた。よっぽど疲れていたのだな、と思う。しばらくすると雄大も、意識が遠のいていった。

＊

四年ほど関わったゲームのリリースが三ヵ月後に迫り、雄大の仕事はほとんどなくなっていた。ここまで来てできることは、テストプレイくらいだ。どうか自分が担当した箇所にバグが出ませんように、と毎日祈っているけれど、ほとんど発見されていない。

休憩に喫煙所に行くと、ディレクターも後から入ってきて、お疲れ様です、と頭を下げた。

「お疲れー。ようやくここまできて一安心って感じでしょ」

ディレクターに言われ、はい、と頷いた。山を越えたところだった。

プロデューサーと関係があると言われていたデザイナーの女性が、二ヵ月前に退社した。結婚と妊娠が理由だと聞いていた。だが、あまりに突然で、引き継ぎをほとんどすることなく辞めていったため、尻ぬぐいをしたのは雄大だった。

途中で投げ出すくらいなら、自分の仕事を越えたことをしないで欲しかった、と怒りすら感じた。けれど、諦める癖はついていたし、部屋中に匂っていた香水の原因がいなくなって、嬉しくもあった。

「佐久間くん、まだ次のプロジェクト決まってなかったよね？」

あ、はい、と雄大は返事をする。どこに配属になるか決まらないのは、自分が扱いにくいからだろうかと、久しぶりに疑心暗鬼になっていたところだ。でも、春の面談では、それなりに評価されていた。仕事が早いのに丁寧で、しかも定時にしっかり帰るのがいい、と。あれは嫌味だったのだろうか。

「いや、身構えないで。悪い話じゃないから」

雄大の表情の変化に気づいたのか、彼は言った。

「もう再来週くらいには、本当に手が空くでしょ。それから次のプロジェクトに配属されるまでに、ちょっと時間があるじゃない。そしたら企画でも書いてみたらどうかなと思って。前に言ってたでしょ。自分の企画したゲームを一から作りたくて会社に入ったんだって」

覚えていてくれたのか、と驚いた。あれは、なんの飲み会の席だったか。確か、長年お世話になっていた外部のプログラマーの送別会だった。ディレクターに「佐久間くんってこれからどうしたいとか希望あるの？」と訊かれ、そんな話を、つい、したのだった。

「いや、いきなり開発には入れないよ？」

ディレクターは念を押した。

「だけど、せっかく時間があるんだからさ。企画書いて俺に見せてよ。あれだったら、上にプレゼンする機会くらいは作るから」

「はい、考えてみます」

ありがとうございます、と頭を下げる。いやいや、がんばってね、と言って、彼はタバコの火を消して出て行った。

そろそろ動いてみたら、と言われている気がした。

美景が二作目を書き上げるのを側で見ていると、まだ自分にも何かできるんじゃないかと思うようになっていた。

雄大はスマホを取り出し、メモ帳を開いた。ずっと、ストックしてきたネタがあった。美景にも話していた。――今なのかもしれない。そう思った。


「いいじゃん！　がんばってみたら？」

ダイニングテーブルに座り、夕飯を食べながら話すと、美景は嬉しそうに言った。引っ越してきて、一年ほど経ち、アパートから持ってきた家具しかなかったガランとしたリビングは、少しずつ整ってきていた。

テレビの前にソファを買い、キッチンカウンターの側にダイニングテーブルのセットを置いた。それだけで随分、完成したように見える。

最初こそ、「しばらくインテリアのことを考えられない」と、お金を使うことに戸惑っていた彼女だったが、一つ、一つ、選んでいくうちに、自分の家だという実感が出てきた様子だった。

「まあ、あんまり期待し過ぎないようにね。今、新しいプロジェクト立ち上げるのは、本当に稀《まれ》なことだから」

あまりに嬉しそうな顔をする妻に、釘《くぎ》を刺す。

「そうなの？」

「そうだよ。ゲーム作るのって数年単位の大仕事だから。しかも一から立ち上げて、売れるかどうか分からない企画通すってよほどのことだから」

ふーん、と神妙な顔をしている。

「だから、あれだ、ちょっとした腕試し。そう思っておいて」

分かった、と美景は頷いた。

「それであなたは、仕事はどうですか？」

雄大が話題を変えると、うーん、と彼女は唸った。

「うまくいってるんじゃなかったの。二作目は」

「そっちはもう、ほとんど私の作業は終わったんだけど」

だけど？　と訊ねると、次の企画が、と彼女は呟いた。

「別の出版社の？」

訊ねると、そう、と頷く。

「どんな話を考えてるんだっけ？」

「女性の、働き方とか、生き方？　をテーマにしたんだけど」

彼女は口籠り、

「そもそも私は、ちゃんと働けたためしがなかった、と思って」

そう真顔で言った。

「いや、働いてたでしょ。結婚前は書店で働いてたし、その後もいろいろやってたじゃない」

雄大が反論すると、

「思い返すと、こう、反省点がたくさん出てきて……」

と沈んだ表情になった。

「それと作品と、どう関係があるの？」

「なんていうか、何が正しかったんだろうって、悩み始めちゃって」

よく分からないけど、と雄大は前置きして、

「小説の中なら、何だってできるじゃない。主人公の行動だって、相手のリアクションだって、現実とは違って思い通りにできるんだから」

「そうなんだけど……」

美景は一度、そう言い、その後で「そうだね」と頷いた。

「なんかもっと、楽しいものを書いたらいいのに」

雄大が言うと「楽しいものって？」と彼女が訊き返した。

「あなたジブリが好きじゃない。ハリー・ポッターとかさ。そういうもっと夢に溢れたものを書けばいいのに。冒険活劇ですよ。俺が好きなアクションとかを書いてよ」

「……観るのが好きなものを、書けるとは限らないのよ、こればっかりは」

彼女はそう、俯いた。


二人で食事の後片付けをすると、「ちょっと作業するから」と美景に言い、書斎へ行った。部屋の真ん中に置いたパソコンを使うのは、久しぶりだった。最近はほとんどのことがスマホで済んでしまって、自宅で使うことがなくなった。

パソコンが立ち上がるのを待っている間、少し、わくわくした。大学生の頃に戻ったようだった。

メモ帳を開いて、今までストックしておいたネタを眺める。美景に言ったように、雄大はアクションの他に、ＳＦや特撮なんかが好きだった。彼女が書くような人間ドラマより、現実から離れた世界が好きだった。

最近のゲームは、大人もするけれど、雄大は子供のおもちゃに戻すような企画を作りたかった。

――現実ではできないようなことを、子供に体験して欲しい。

それは、かつて子供だった自分へ贈るような作品だ。

例えば、自分よりも何十倍も大きな敵を、背負い投げをするような爽快《そうかい》感。

あまり難しいゲームではなく、普段ゲームをしない子供にも簡単な操作で勝てるようにしたい。

やってみたいことは、たくさんあった。

ディレクターに企画書を見せると、とんとん拍子でプレゼンの日が決まった。その日ばかりは、ジョギングウエアで出社するのはどうかと思いとどまり、ポロシャツとジーンズで出社した。

久しぶりに緊張したプレゼンは、結果から言えば、通らなかった。ディレクターから言われたのは、体裁は整っていなくてもいいから、一点突破のアイデアが欲しい、ということだった。

でも、また肩ひじ張らずに持ってきてよ、とディレクターに言われた。

家に帰ると行き詰まった顔をした妻が出迎えてくれたので、例のごとく、晩ご飯を食べたあとでドライブに出かけた。

まあそんな感じだったよ、と助手席に座る美景に話した。

「よかったね。これから企画を書いたら見てくれる人ができたってことでしょう？」

そうだね、と、雄大も頷いた。

「もう一回、次のプロジェクトに配属される前に書いて、アポ取るつもり。……で、あなたは何を行き詰まってるの？」

「……今日、担当さんからメールが返ってきたんだけどね。働き方をテーマにしたプロット、よかったから、編集長に見せるって」

「おお！　よかったじゃん！」

雄大は喜んだけれど、彼女は、突然、うーん！　と叫んだ。

「なになに？　何が問題なのよ」

「こう、待っている間が、一番恐ろしくて！」

両手を顔の前でわなわなと震わせる。

「いいじゃない、ゆっくりしたら。連絡が来るまで」

言いつつ、洗濯機がまた爆発しそうになっていたのを思い出す。通院はしているけれど、最近は随分、元気になっていると思っていた。

「あれだったら、洗濯をしてくれたらいいんですよ。どうせ、今は待ちなんだから」

すいません、と美景は言う。

「どうだったかなってことで、頭がいっぱいで。動けなくて」

「考えたって結果は同じなんだから、他のことをしてたほうがいいでしょ」

少しイラついて言うと、そうなんだけど、と彼女は呟いた。

「だけど？」

何か言いたいことがあるのだと、その表情で分かる。美景は少し言い淀んで、

「今日、病院だったんだけどね」

と話し始めた。

「……ＡＤＨＤの可能性が、ありますねって、言われた」

知らない言葉に、なにそれ？　と訊き返す。

「発達障害っていって、脳の特性なんだって。……気が散りやすくて用事を忘れちゃったりとか、集中力がなかったりとか、怒りをコントロールできなかったりとか」

「それって、急にそうなったの？」

雄大が訊ねると、違う、と美景は言う。

「生まれたときから、そうなんだって」

「だったら、今までと同じってことでしょ？　なら、なんの問題もないじゃない」

そうだね、と美景は言った。

「……そうかもしれないね」

そうだよ、と雄大は言い、いつもの道を走った。

＊

リリース前のゲームのテストプレイをしながら、新しい企画を書いた。次のプロジェクトに配属になる前に、何かを摑みたかった。どこに配属されても、また数年単位で拘束される。その前じゃないと、間に合わなかった。

ディレクターに企画書を送り、プレゼンをセッティングして欲しいと頼む。「日程が決まり次第、また連絡します」と返事があった。

でも、一ヵ月経っても、連絡はなかった。

そうしている間にゲームがリリースされ、次のプロジェクトに配属になった。会社で一番売れているタイトルのＲＰＧで、ここに入ったら、もう、自分の企画をやるのは無理だと分かった。これからまた、忙しくなるのが目に見えて分かった。

——社交辞令だったのか。

フロアを移動し、パソコンのセッティングをしているときに、腑《ふ》に落ちた。日程が決まり次第、なんて、決まらなければ永遠に連絡はこない。

「佐久間さん、これからよろしくお願いします」

隣の席の先輩に声をかけられ、よろしくお願いします、と頭を下げる。そのとき、デスクの下に折り畳み自転車が置いてあるのが見えた。

雄大の視線が長くとまっているのに気づき、先輩は、

「俺、自転車が趣味なんですよ」

と笑った。

「僕も昔は、自転車で通勤してたんですよ。今は、走って帰ってるんですけど」

雄大が言うと、そうなんですか、と食いついてきた。

「ああ、だからジョギングウエアで」

そうです、と頷く。

「大会とか出たりするんですか？」

訊ねられ、いや、と首を振る。

「昔出たことはあるんですけど。健康のために走ってるだけなんで」

へー、と驚かれた。

「僕は大会に出るのだけが楽しみなんですよねー。仕事もそのためにやってるって感じで」

そうなんですね、と雄大は笑い、作業に戻った。

そういう生き方をしている人も、この会社にはいるんだな、と思う。仕事だけが人生じゃない。そういう人も、いる。


「ダメだったー！」

雄大が帰るなり、美景は玄関で叫んだ。

「なにが？」

「プロット！　編集長に見せたら、そうじゃないって！　ゼロに戻った！」

え？　と顔を歪めた。

「どこを直したらいいとかじゃなくて？　ゼロベース？」

「はい！」

頭を抱える美景に、「いや、もうやめたら？　別の出版社と仕事したら？」と雄大は言う。

「どれだけ時間かけたのよ？　担当編集者がいいって言ったのに、なんでゼロに戻るの？　今までの時間、なんだったの？」

雄大が迫ると、なんだろう、と美景は顔を歪める。

「俺だったら絶対に嫌。もうやりたくない」

うん、と言いつつ、彼女は「もうやらない」とは言わなかった。


案の定、美景は翌日から新しく企画を考え始めた。

――自分だったらやりたくない。

それが、答えだと思った。

病院で「ＡＤＨＤの可能性がある」と先生から言われたとき、まず第一に思ったのは、はっきり診断が下る訳ではないのか、ということだった。

先生は「あなたは、部屋に入ってきた途端に、ＡＤＨＤだな、と分かるほどではない」と言った。でも、美景が悩んでいることを聞くと、その可能性が高いらしい。

きっかけは、一つのことを考えると、他のことを考えられなくなる、と話したことだった。今、自分にできることはなくて、編集者からの返事を待っているときも、どうだっただろうか、と考え、なにも手につかなくなる。

それを聞いて、「ゲームは課金をし続けてしまうタイプですか？」と訊ねられ、「そもそもゲームは得意ではないからしない」と答えた。が、「お金は手元にあればいくらでも使ってしまう気がするから、下ろさないようにしている」とか、「クレジットカードは作らないと決めている」と話した。

二時間くらいかかるけれど、検査で詳しく自分の特性を知ることもできる、と先生は言った。ただ、必ずしも検査をしなければいけない訳ではないし、検査だけでＡＤＨＤと診断される訳でもないらしかった。

ＡＤＨＤや、発達障害という言葉は知っていた。初めて知ったのは書店で働いていた頃だ。

入荷した本の仕分けをしているときに、タイトルに書いてあって、なんだろうと思った。その程度だった。

先生から可能性を聞かされて以来、気づくとネットで、ＡＤＨＤについて調べている。

昔、「片づけられない女たち」という特集をテレビで見たことも思い出した。そのときは、あそこまでではない、と自分では思っていた。やればできる、やってないだけだ、と。自分は怠け者なのだと思い込んでいた。

が、調べれば調べるほどに、思い当たる節が出てくるのだった。

特に興味深かったのは、女の子は男の子より、ＡＤＨＤだと気づかれにくいため、大人になるまで診断されないことが多い、というところだった。

男の子が教室を歩き回って、ＡＤＨＤだと気づかれることが多いのに対して、女の子は周囲からは授業を聞いているように見えているけれど、実は頭の中は空想でいっぱいで、全く集中していなかったりするらしい。

その記事を読んで、美景は初めて、「他の子たちは空想していなかったの？」と驚いた。

子供の頃のことを、はっきりと覚えている訳ではない。でも、お気に入りの鉛筆を眺めたり、先生のネクタイの柄《がら》がどうしても気になったり、好きなアニメ映画のセリフを延々と頭の中で繰り返したり、授業中の楽しみはいくらでもあった。

正直、自分以外の人の頭の中を覗くことはできないから、どれほどの違いがあるのか、本当に自分は他人と違うのか、確かなことは分からなかった。

先生はこうも言っていた。

――そういう傾向があるからって、今、困っていることがなければ、障害じゃないのよ。

悩みがない時期なんて、一度だってあっただろうか、と自分に問いかける。いや、寧ろ、悩みがない人なんていないんじゃないか。

だけど、これまでを振り返ってみると、人生のいろんな時期で、いろんな人から怒られてきた。それは、他の人よりできない、他の人と違う、ということが原因だった気がする。それでも、美景自身は一生懸命やっているつもりだった。決して、怠けてはいなかった。寧ろ、手を抜いていいところと、悪いところが分からずに、常に全力だった気がする。

――あんたがもっと、ちゃんとした、しっかりした子なら働けるわよ。

唐突に、母の言葉を思い出す。

あれは、小学五年生の頃だ。大人になってから、母の八つ当たりだと思っていたあの言葉。

――あんたが他の子みたいにしっかりしてたら、お母さんはこんなに苦労してないの。

他の子との違いなんて、ないと思っていた。どこが違うんだ、と言葉にはしなかったけれど、内心、抵抗していた。昔のことなんて覚えていない。ましてや、客観的に、他の子との違いなんて分からない。

だけど、母があんな風に酷い言葉を使ったのは、少なくともこちらに原因があったのかもしれない、と思い直した。当時の美景は、精一杯生きていたつもりで、それ以上、母の期待に応えることはできなかった。でも、母もまた、悩んでいたのかもしれない。今でこそ、発達障害が広く知られるようになったけれど、あの時代は、情報に行きつくことすら難しかっただろう。なにも分からず、我が子は育てにくいと思っていたのかもしれない。

企画を考え直そうとパソコンに向かっていたのに、また、ＡＤＨＤの記事を漁《あさ》るように読んでいた。美景は書斎を出て、キッチンに向かった。カフェオレとは呼べないような、牛乳たっぷりの飲み物を入れ、一息つく。

夫にＡＤＨＤかもしれない、と話したとき、「今までと同じってことでしょ？　なら、なんの問題もないじゃない」と言われた。それはきっと、夫が今までの自分を認めてくれている、ということだと思う。今までのあなたは問題だらけだ、やっぱり障害だったのか、なんて言われた日には、きっと立ち直れない。

それでも、一方で、自分の妻にそこまでの興味がないのでは、と寂しく思う気持ちもあった。もし立場が反対で、夫が病院で発達障害だと診断されてきたら、それがどういうものなのか、調べてみようと美景なら思う。

最近夫は、肌が痒《かゆ》いと言うようになった。特に会社にいるときは、その痒みが酷いそうだ。家にいるとき「今、ここが痒い」というところを見せて貰ったが、特別、湿疹《しっしん》が出ていたり、赤くなったりしていることもなかった。

皮膚科に行き、検査をして貰ったらしいけれど、「原因不明。ストレスでしょう」と言われたらしかった。幸い、飲み薬を処方して貰い、それが効いている間は、痒みがぴたりと治まるそうだ。

——夫のストレスの原因は、何だろう。

それを考えると、気持ちが暗くなる。

＊

座談会に取り上げてくれた担当編集者の三島から、部署を異動することになったと連絡がきた。それに伴って、新しい編集者が担当してくれることになり、顔合わせをすることになった。

三作目の打ち合わせも兼ねて食事をすることになり、久しぶりに上京が決まった。

待ち合わせの東京駅の改札口に現れたのは、三島が先だった。

「後任の高津《たかつ》も、もうすぐ来ますから。シュッとしている長身のイケメンなんで、楽しみにしててください」

そう言われ、はい、と笑う。でも、内心、イケメンは嫌だなあ、と少し凹んだ。

しばらくして「お待たせしました」と現れた高津は、なるほど世に言うイケメンだった。顔を見ようとすると首が痛くなるほどの長身だ。美景と共通点はなさそうだった。会話ができるだろうか、と不安になる。

「じゃあお店に移動しましょうか。今日は高津くんがいい店を予約してくれたんですよ」

三島が言うと、高津はカバンからＡ４の紙を取り出した。地図、印刷してきたんですよ、と彼は言う。

それを見ながら、こっちですね、と言いつつ、歩き出す。そして、

「佐久間さん。僕、方向音痴なんですよ」

と高津は笑った。

美景は思わず、

「私もです！」

と、拳を握りしめて宣言した。今日も待ち合わせ場所に辿り着くまでに、どれほど迷い、人に声を掛けたか分からない。まさか早々に共通点を見つけられるとは、と密かに喜んだ。

「佐久間さん、東京に来ても日帰りですぐに帰っちゃうんですよね」

三島が言うと、

「それは東京に染まりたくないっていう強い意志ですか？」

と高津は訊ねた。

「いえ、ただただ道に迷うから、行く場所がないってだけです」

美景が答えると、高津はなるほど、と頷いた。

高津が予約してくれたという店は、高層階のイタリアンだった。眺めがいいですよー、と美景に言う三島は、こういう店に慣れているんだろうな、とぼんやり思う。

それぞれ料理や飲み物を選び、待っている間に、三作目の話をした。座談会に載った応募作を、もう一度改稿して出版しようという話になっていた。

「とはいえ、そんなに大幅に改稿する必要はないと思ってるんですよ」

と、三島は言った。

「もう、これはこれで、うまくいってるんで。あとは高津くんと話し合って、少し、調整して貰えれば」

はい、と頷く。

「高津さんは、読んでみてどうでしたか？」

美景が訊ねたとき、店員が前菜を運んできた。召し上がってくださいね、と三島に言われ、はい、と頷いた。

高津はカバンからプリントアウトした原稿を取り出し、佐久間さんの書いている小説は全部、と話し始めた。

「居場所探しの物語、だと思うんですよね」

「……居場所探し」

美景が繰り返すと、はい、と高津は頷いた。

「僕は男ですけど、共感できるところもあったんですよね。子供の頃からわりとよく転校を繰り返していたので、その場に馴染めるかどうかとか、悩んだこともあったので。そういう気持ちを分かる人って、多いと思います」

なるほど、と頷く。

――居場所探し。

その言葉をはっきりと思い浮かべて書いた訳ではないけれど、そう言われると、それ以外にこの話を表す言葉はないくらいに、ぴったりくる。

見た目で判断したらいけないな、と美景は密かに猛省した。イケメンは苦労なんてしていないだろうと、無意識のうちにレッテルを貼っていた。

食事を終え、話が終わると、三島は急に用事ができたと言い、店の前で別れた。

「改札まで送りますよ」

高津に言われ、すいません、と頭を下げる。正直、東京駅はどこに何があるか分からない。

雑談をしつつ歩いていると、ふと高津が視線を横にやった。何かあるのかなと思ってそちらを見ると、

「あ、すいません。つい新しい店ができてたら気になるんですよね。ちょっと多動があって」

と彼は言った。

いえいえ、と言い、後に続く。

「それでは今日はわざわざ来ていただいてありがとうございました。引き続き、よろしくお願いいたします」

こちらこそよろしくお願いいたします、と頭を下げ、改札口で別れた。

どこにも立ち寄ることなく家に帰り、ソファに沈み込む。

身体はぐったりとしているのに、頭はぐるぐる動いていて、大声を上げたくなった。ライブに行って黄色い声を上げている人は、こういう状態なのかもしれない。きっと、端から見ていたら分からないと思うけれど、美景は今、テンションが上がっている。ただ、それを落ち着かせる方法を知らない。

普段と違うことが起こると、大抵、こうなる。よいことでも悪いことでも関係なく、衝撃に弱い。最近はほとんど家にひきこもっていて、夫以外の人に会うことがないから、人と会っただけで、相手がいい人であっても、こういう状態になる。

――明日は使いものにならないだろうな。

頭の中で、今日起こったことが、言葉が、再放送されている。脳が騒がしい。きっと、今日はなかなか眠れず、明日は頭ではなく、身体がぐったりしている。燃費が悪い。

きっと自分は、同時に何かをするのが苦手なのだ。食事をしながら打ち合わせ。普通の人なら当たり前にできるのだろうけど、美景にはハードルが高かった。食べ始めたら話せないし、話し始めたら食べるタイミングを忘れる。それを相手に気づかれると、更に緊張した。

打ち合わせなら、食事ではなく、お茶のほうがうまくいく。でも、今、食事を摂らないと、相手は食べる暇がなくなるのかもしれないと思うと、なかなか言い出せなかった。

これも、ＡＤＨＤの特性か。それとも不器用なだけか。どこまでを伝えていいものか悩む。

——それに。

改札までの道中で、高津が自分のことを「多動があって」と言ったのが気になっていた。

美景は携帯を取り出し、〈ＡＤＨＤ〉と検索する。

ＡＤＨＤとは、注意欠如・多動症のことだ、と書かれてある。彼が言った「多動」とは、このことであっているのだろうか。

普通の人に見えた、と美景は思う。少なくとも自分のように、落ち着きがないようには見えなかった。

＊

ＡＤＨＤの検査を受けてみたい、と担当医に打ち明けたのは、可能性があると言われてから半年ほど経ってからだった。腰が重いのか、自分にしては早かったのか、判断はつかない。

雄大の言うように、今までと変わらないなら、お金と時間を掛けてまでやる必要はないのかもしれない。

だけど、自分を知る材料になるのなら、やってみたいと思うようになった。それに、経験値を上げるためには何だってやってみようと考えるようになっていた。

小説を書くとき、どうしても自分の経験を元に考える。エピソードそのままを書く、ということではない。その経験を通して感じたこと、考えたことを元に、何を書きたいのかを考えるという意味だ。その一つの経験として、検査を受けてみようと思った。

それに自分にはなにもないと思っていたけれど、「生きづらさ」ならあるじゃないかと、はたと気づいた。それを、もっと知ればいいのではないか。

検査を受けるのはいつものカウンセリング室だったけれど、検査を担当してくれるのは初めて会う若い心理士の女性だった。

「これから検査を始めますが、全部で二時間ほどかかります。途中で休憩を挟みますので、疲れたら言ってください」

よろしくお願いします、と美景は頭を下げた。

予定通り、二時間で検査は終わった。結果は次回の診察のときに、担当医から教えて貰えると説明があった。

病院を出ると、近くの喫茶店に入り、カフェオレを頼んだ。砂糖も抜かずに入れて欲しいと頼む。脳が糖分を欲していた。

いろんな種類の検査を続けざまにして、ぐったりしていた。そして、普通にできたものと、自分でもこれはできていないと分かるものの差があって、密かにショックを受けていた。

特にできなかったのは、数字とアルファベットを並べるものだった。心理士が口で言った数字とアルファベットを、小さいほうからとＡＢＣ順に並べ直して言わなければいけないのに、それができない。

例えば、「5、D、1、A、7、H」と言われたら、「1、5、7、A、D、H」と並べ替えて言う。メモはできない。頭の中で並べ直して言う。が、美景は、「1、5」と言ったら、もう残りの数字とアルファベットを忘れていた。そんなまさかと思うけれど、何問やっても全部答えられなかった。

そして、一般常識のような質問。『奥の細道』を書いたのは誰？　と訊かれて、分からなくなったことに驚いた。ほとんどなにも答えられなかった。

携帯を取り出し、奥の細道を検索する。松《まつ》尾《お》芭《ば》蕉《しょう》の名前を見て、ああー、と声が漏れた。知っていたはずなのに、と少し凹んだ。

「この検査結果だけで判断することはできないですが、今まで診察してきたことと、今回行った検査、……ＷＡＩＳ－Ⅲという検査なんですけど、この結果を合わせて考えて、ＡＤＨＤがあると思います」

担当医は検査結果が書かれてある紙を机に広げながら、そう言った。いろんな数字が書かれてあるけれど、ぱっと見ただけでは、よく分からなかった。

「この数値の説明をしますね。言語性が89、動作性が１０１と書いてありますが、この差が15以上あると、発達障害が疑われます。ただ、15未満でも、発達障害の場合はあります」

いつも早口な担当医は、少し話すスピードを落とした。

「そしてそれぞれの項目を見ていくと、佐久間さんの一番数値が高かったのが知覚統合の１０３、一番低いのが処理速度の81。差が22あります。定型発達の人はこの数値に差がほとんどないんですけど、発達障害の人はここに差が出てきます。いわゆる凸凹というものですね。ここに差があるから生きづらくなります」

はい、と頷く。

「知覚統合というのは、目で見た情報を正確に捉《とら》えたり、その情報をもとに推理する力のことです。佐久間さんは、これが最も得意で、『平均の上』のＩＱがあります。だけど、処理速度、素早く正確に作業することが最も苦手で、『境界線』のＩＱです。これは何が起こっているかというと、こうすればいいと見通しを立てるのは得意でも、その通りに作業をするのが苦手な傾向がある、ということなんです」

「……分かっても、できない、ということですか？」

あくまでも、傾向ですが、と担当医は言った。

「あと、作動記憶も85と『平均の下』から『平均』くらいの値です。これは、注意集中、聞いて覚えること、覚えておきながら頭の中で情報を操作処理することなのですが」

美景はそれを聞いて、きっとあの数字とアルファベットの検査だろうと思った。

「一度に聞いて覚える量に苦手さがあります。複雑な情報だと頭の中だけで処理しようとすると難しいと思います。あと興味がないものは忘れてしまったり、後回しにして、やること自体を忘れてしまったり」

「……心当たりがありますね」

美景は紙に目を落とした。

「とはいえ」

担当医はにっこりと笑った。

「誰でも、多かれ少なかれ、得手不得手はあります。自分の特性を知って、工夫していきましょう」

分かりました、と美景は言い、紙を手にした。

会計を済ませ、いつも通り薬を受け取り、駅に向かう足取りは軽かった。ようやく自分が何者なのか、はっきりした気がした。

駅のホームで、さっき貰った紙を読み込む。先生が読み上げたこと以外にも、身に覚えのあることが並んでいた。一般的知識の習得に苦手さがある、というのもそうだ。松尾芭蕉にあまり興味はない。忘れてもしょうがなかった。

思い起こせば、テーマパークでの仕事は、あまりにも自分に向いていない作業だったんじゃないか、と思い至る。覚えておきながら作業するのが苦手なのに、メモを取れないキッチンで、リーダーの指示だけでバンズやパティを流すのは、一番不得意なことだった。

なにもできなかった訳じゃない。——不得意なことができなかっただけだ。

三十五年生きてきて、ようやく、自分を肯定できる一歩を踏み出した。

この感動を雄大とも分かち合いたいと思い、定時で帰ってきた夫を玄関で捕まえ、今日知ったことを話した。へえ、よかったねえ、と言いつつ浴室へ行く夫を追いかけ、なおも説明する。

「誰でも得意不得意はあるから気にしないでいいよ」

雄大はそう笑った。怒らないようにしている笑顔だ、と気づく。

「そうだね。……どうぞお風呂に入って。ごゆっくり」

裸になって話を聞いていた夫に勧めると、どうも、と言い、夫は浴室へ消えていった。

キッチンへ行き、味噌汁を温めながら「伝わらなかったな」と呟く。気にしている訳ではない。ただ、この発見を共有したかった。そうだ、ミステリの犯人が分かったときの驚きと喜びに似ているかもしれない。でも、その小説を読んでいない人に、突然、犯人とトリックを話したところで、喜ばれるはずもない。

自分が分かっていればいいことだ、と考え直した。

＊

三作目の小説が出版された後、高津から「私用で関西に行く予定があるので、次回作についてお話しできませんか？」とメールがあった。

それまでも何度かメールや電話で話をしていたけれど、具体的に話は進んでいなかった。それは美景がまた、本音と建て前の狭間で、自分の気持ちを見失っていたことも一因だった。

高津には「生きづらさを抱えている人」、そして「境界線上にいる人」を書きたいと伝えてあった。彼も「佐久間さんの作品は一貫して、生きづらさを抱えた人を書いていると思う」と方向性については共有できているつもりだった。

イケメンだと聞いた瞬間は拒否反応が出たけれど、話していると、なんというか「真面目《まじめ》な人だなあ」と感心したのだった。大人なら流さないとやっていられないことを、一つ一つ、しっかり考えている人だという印象があった。

大阪駅の近くでランチを食べながら打ち合わせをすることになり、予約して貰った店に向かった。遅れたらいけないからと早く家を出過ぎて、三十分前に店についた。時間まで周囲をふらふらして十分前に戻ってきたけれど、まだ来ていない様子だった。店の前に置かれてあるイスに座り、ぼんやりと行きかう人を眺める。

スーツケースを持って現れた高津は「お久しぶりです」とサングラスを取った。芸能人みたいだ、と思いつつ、お久しぶりです、と返す。

「随分、待ちました？」

「いや、全然。今来たところです」

早く着くのは遅刻を防ぐためだったが、それを知られたくないという変なプライドがあって、嘘を吐く。

店員にカウンター席に案内され、ピザとドリンクを頼んで、一息ついた。

「前回のお電話から、何か気になるニュースとかありました？」

高津に訊かれ、訊いてみたかったことを美景は話す。

「あの、最近、無差別殺人事件があったじゃないですか」

彼はお絞りを美景に手渡しながら、はい、と頷いた。

「児童と保護者が狙《ねら》われた事件のことですよね？」

「そうです。……そのときに、テレビでコメンテーターが『死にたいなら周りを巻き込まずに、一人で死ね』というような意味合いのことを言っていて、ネットでちょっと、論争になっているのを見たんですけど」

「それはどういう論点で？」

「一人で死ねなんてメディアが発信したら、今、悩んでいる人は、誰も助けてくれる人はいないって絶望して自殺してしまうんじゃないかっていう意見と、犯人に対して憤りを感じて、一人で死ねと言われてもしょうがないっていう意見が対立してるんだと思うんですけど。……高津さんは、どういう考えか聞いてみたいなと思いまして」

いや、それは、と高津は即答した。

「死にたいなら一人で死ねなんて、口が裂けても言いたくないですね。言うなら」

「言うなら？」

「……死にたくても、みんなで一緒に生きよう、って言いたいですよね」

美景は安堵して、頷いた。

「同感です」

「今、それが一番気になってることですか？」

高津に訊ねられ、そうですね、と言った。

「その後で、ひきこもっている長男を父親が殺害した事件も起こったじゃないですか。自分の息子も事件を起こすかもしれないと思ったって」

「はい」

「そこで長男が、発達障害だったと報道されていて。……なんていうか、差別を助長するのではないかと不安もあったりしまして」

美景は、これは話してもいいことだろうか、と葛藤した。高津は友人ではなく、仕事相手だ。その相手に話すに相応しいことか。迷惑をかけないか。言わないほうが無難《ぶなん》かもしれない。が、衝動のほうが勝ってしまう。

「実は、わりと最近、私もＡＤＨＤだと診断されまして」

そうですか、と高津は驚くこともなく頷いた。

「……前にお会いしたときに、『多動があって』と言われていたので、高津さんもそうなのかと思ってたんですけど」

訊ねて、やっぱり言わなければよかっただろうかと後悔した。あまりにプライベート過ぎることかもしれない。が、高津は何でもない様子で、そうなんですよ、と言った。

「佐久間さんは今、困っていることがあるんですか？」

「集中力が続かなかったりとか、頭の回転が遅かったりとか、片づけられなかったりとか、いろいろありますね」

「あー、集中力」

と身に覚えがあるのか高津は頷いた。

「なんでしょうねえ、あれは。一度、集中できるとすごいんですけど、集中できないときは、本当に酷いんですよね。あれ、なんとかならないかなあって思うんですけど。過集中っていうんですけどね」

「集中できないときは、どうするんですか？」

美景が訊ねると、

「やることが三つあるとしたら、それを少しずつ、ぐるぐる進めて、完成させるって感じですね。あとは、集中力が切れたら、場所を変えたりとか」

なるほど、と頷いた。

「昔は、リタリンって薬があったんですよ。今は禁止になってしまったんですけどね。あれはすごく効いたんですよ。集中力が続いて。今、何か薬を飲んでますか？」

「コンサータを飲んでるんですけど、集中力が続くっていう感覚はないですね。ただ、朝、物凄く眠くてしょうがないっていうのは、なくなりました」

「朝、苦手ですか」

起きられることは、起きられるんですけど、と美景は言う。

「ただ起きているだけで、頭はさっぱり動いてなくて。特に冬は酷かったんですけど、それはなくなりました」

言い終わる前に、店員がピザを運んできた。どうぞ、と言う高津に、いただきます、と答える。

「旦那さんは、そういうのに寛容なんですか？　片づけられなくて揉めたりとかは」

揉めますね、と美景は即答した。

「夫は典型的なA型なので。そんなこと気にしなくても、というようなことが気になるので。もう、私は彼の苛立ちの根源なのではないかと思うんですが」

「例えば、どんなことで怒られるんですか？」

そうですね、と美景はこの間起きたことを話す。

雄大に、テレビ前の座卓に本やノートを置きっぱなしにしていることを怒られた。「十冊も積み重ねて置いたら、一番下は絶対に読まないでしょ！　自分の部屋の本棚に仕舞いなさい」と。もうその状態で数週間経っていたから許されているものだと思っていたけれど、彼は彼で、いつ片づけるか様子を見ていたそうだ。

が、美景は「本棚に片づけたら、読もうと思っていることを忘れるから嫌！」と抵抗した。雄大は「それで忘れるなら読まなくていい本なんじゃないのか」と言ったけれど、そうではない、と反論した。

書斎はあくまで、仕事をする場所だった。本を読むのは書斎ではなくて、リビングのソファの上。そこに座ったときに、視界に入るところに読みたい本がないと、絶対に思い出さずに別のことを始める。だから、そこに置いておきたかった。

――じゃあ、このノートは？

雄大に問われ、それこそ仕舞う訳にはいかない、と主張した。それは最近始めた自己管理ノートだった。ずっとパソコンに向かっているのに、全く仕事が進まない日が続いて、一体自分は何をしていたんだと疑問に思ったのがきっかけだった。新しい薬を飲み始めたこともあって、その効果を記したかったのもある。

そこで、飲んだ薬の種類と量、体調、気分、仕事時間、進捗《しんちょく》状況などを記すようになっていた。

ただ、問題なのは、ノートを開いておかないと、そのノートの存在すら忘れてしまい、日記が続かないことだった。ローテーブルの上に開いておけば、嫌でも目につく。

「で、落としどころはどこに？」

高津は興味深そうに訊ねた。

「夫が、『じゃあここに小さな棚を置けばいいじゃない』と言って、テレビの横に棚を設置してくれました」

要するに目につくところに置く場所がないから、ローテーブルが物置になっていくんでしょ？

彼はそう言って、前のアパートで使っていた木製のワゴンを、自分の部屋から持ってきた。もう使わないから捨てようと美景が言ったけれど、何かに使えるかもしれないからと、雄大が残しておいたものだった。

「本とか、細かい文房具はそこに。ノートだけはローテーブルの上にずっと開いたままですね」

「へー、いい旦那さんですね」

と高津は言った。

「それは、ＡＤＨＤだって診断されて、理解が深まったって感じですか？」

いや、と美景は即座に否定した。

「夫は特に診断されたことに興味はないです。多分、ＡＤＨＤが何かも知らないと思いますし、もう忘れてると思います」

話を聞いて欲しかった、と燻《くすぶ》っていた気持ちが、ぶり返しそうになる。もっと自分のことを知ろうとして欲しかった。

「ああ、じゃあ、旦那さんは、佐久間さんの話を聞いて理解して、解決策を考えてくれたんですね」

え？　と美景は訊ねる。

「ＡＤＨＤだからどうこうっていうんじゃなくて、佐久間さんが困っていることを理解して、歩み寄ってくれたってことでしょう？」

「……そう、ですね」

言われるまで気づかなかった。そうか、これが歩み寄りなのか。

「……じゃあ、あれもそうなんですかね」

洗濯機を回せなくなったとき、パンツを大量に買ってきたことや、ゴミ出しのことを話す。ゴミ箱に袋をちゃんと設置しないと嫌だと言う雄大は、それが苦手な美景に「もうやらなくていい、俺がやるから」と言った。中途半端《ちゅうとはんぱ》に手を出されるほうが嫌だ、と。

「そうだと思いますよ」

「……仕方がなく、ではなく？」

「仕方がないのかもしれないですけど、そうまでしても佐久間さんと一緒に居たいってことですよね？」

ちょっと目から鱗《うろこ》ですね、と美景は戸惑った。

「いや、こう言ったらなんですが、結婚って打算も働いたりするものじゃないですか」

高津は続けた。

「うまくいかなかったら、もっと自分に合う人がいるんじゃないかとか。世の中、浮気する人なんてざらにいますから。そうじゃなくても、結婚するときに、自分は料理が苦手だから家庭的な女性がいいなとか、逆に、自分で稼ぎがある人がいいなとか」

はあ、と美景は相槌を打つ。

「多分、旦那さんって、そういう打算がないんですよね？　あ、いや、佐久間さんが料理ができないとか、稼ぎがないとか言ってる訳じゃないんですよ」

「あ、それは、はい。大丈夫です」

じゃあそもそも、夫は自分のどこがよかったのだろう、と今になって思う。思いつかない。

「でも、旦那さんおもしろい人ですねー。会ってみたいなー。今日はお休みですか？」

「はい。家にいると思います」

高津は少し考え、

「もしご都合が悪くなかったら、ですが」

と前置きして言った。

「僕、東京に戻る時間を遅らせるので、よかったら三人で、晩ご飯でもどうですか？」

美景も雄大も腰が重いタイプなので、高津のフットワークの軽さには驚いた。美景との打ち合わせの後、少し書店を回って帰る予定だったらしいが、その後で三人で夕食を食べることになった。

雄大に確認するためにメールをすると、了解、とだけ返ってきた。これはどういう感情で了解したのだろうと推測したけれど、分からなかった。

せっかく大阪まで出てきたのだから、自分も大きな書店を見ようと歩く。地下一階から七階までぎっしりと本で埋まった空間はそうそうない。

——そうまでしても佐久間さんと一緒に居たいってことですよね？

高津の言葉を思い出す。そう言われると、雄大が美景に合わせていることは他にもたくさんあった。毎週のように書店を巡るのもそうだ。美景はなにも買わなくても、書店をハシゴして眺めているだけで楽しかったが、ふと気づくと雄大は、入り口付近で携帯をいじっている。せっかく来たのだから、いろいろ見たらいいのに、と思っていたけれど、それも美景に合わせてくれているのか、と当然のことに今更ながら気づく。

じゃあ、自分は何ができているのだろう。

そう考えてみても、ぱっと思いつかなかった。

「旦那さんは、映画だったら何が好きなんですか？」

高津がハイボールを飲みながら雄大に訊ねる。美景と雄大は飲めないので、ウーロン茶だった。

「僕はもう、好みが偏っていて」

雄大は手にしていた焼き鳥を皿に置き、話した。彼も美景と同じく、話しながら食べるのが苦手な人だ。

「最近はアメコミ系と、ＳＦと、アクションくらいしか観ないですね」

「へー。奥さんとは全く好みが違う感じですか？」

はい、と雄大は力強く頷く。

「おもしろいから観てみて、って薦めても絶対に見ないので、妻は」

「……なんというか、難しくて。食わず嫌いですが」

すいません、と美景は頭を下げる。それを見て、高津は笑った。

「じゃあ、旦那さんが最近好きな監督って誰ですか？」

うーん、と雄大は考えこんだ。

「新作が出たら絶対に映画館に行くのは、クリストファー・ノーランですね」

僕も好きです、と高津は身を乗り出した。

「どういうところがお好きなんですか？」

「……やっぱり、戦いを描いても、流血表現とか、残酷な描き方をしないところですかね」

ああ、と高津も頷く。

「レーティングのために暴力的なシーンを削ったこともあると聞いたことはあるんですけど、それでもやっぱり、無駄に残虐な描写をしていない気がして」

雄大は続けた。

「そういう意味では、ディズニーも好きなんですよ。『パイレーツ・オブ・カリビアン』とか、さすがディズニー映画で、戦いのシーンでも子供が観られるように、血が全く流れないんですよね」

「ああ、そう言えばそうですよね」

「妻はあんまり、戦闘シーンとか出てくるものが好きではないので、一緒に映画を観る機会はないんですけど」

あ、佐久間さん、そうなんですか？　と高津が訊く。

「なにを目的に戦っているのか、途中で見失うんですよ。夫はエヴァとか、押井守とかも好きだったんですけど。私は観たことがないので、話にならなくて」

「押井守好きですか！」

高津は少し大きな声で言った。

「好きでしたねー。設定資料集とか買い漁りましたもん。学生の頃なんて金がないから、古本屋回ったりして」

「あー、関連グッズ、めっちゃ出てたりしますもんね」

そうなんですよ、と笑う雄大の目尻が、これでもかと下がっている。本当に嬉しそうなとき、夫は目が糸のように細くなる。久しぶりにこの顔を見た気がした。


「それでは、今日は突然だったのに来てくださってありがとうございました」

店の前で頭を下げた高津は、少し酔っているのか、顔が赤かった。

「こちらこそありがとうございました。妻をこれからもよろしくお願いいたします」

失礼します、と駅へと向かった高津の姿が見えなくなると、

「お疲れさん」

雄大が美景に言った。

「ごめんね。急に」

美景が言うと、いや、と夫は言った。

「いい人そうでよかったね」

「うん」

自分たちも駅に向かおうと歩き出すと、あ、と雄大は立ち止まった。

「さっき、高津さんに教えて貰った本、買って帰ろうかな」

「……なんだったっけ？」

「押井守の本。『シネマの神は細部に宿る』。まだ買ってなかったから」

行ってみようか、と近くの書店に歩き出す。手を繋いでおきながら、なぜか少し遠く感じる。久しぶりの感覚だった。なんだろう、と思い出す。

学生の頃の気持ちに似ている、と、はっとする。付き合って欲しいと告白してきたのは雄大だったが、いつしか立場は逆転していた。美景がずっと雄大を追いかけていた。

後輩からは「付き合っていても、美景さんの片思いみたいですね」と言われるほどに。女の影があった訳ではない。寧ろ、男同士の会話に憧《あこが》れていた。美景といるより充実している様子に、嫉妬《しっと》していた。

でも、雄大は今、誰とも連絡を取っていない。――それでよかったのだろうか。

「お！　あった！」

映画コーナーの棚に、目的の本が一冊、置いてあった。雄大が手に取り、パラパラ捲るのを見つめる。

「……やっぱりいいや」

夫は本を閉じると、棚に戻した。

「え？　どうして？　欲しかったんじゃないの？」

「なんか、実際に見てみたら、もういいかなって」

帰ろう、と雄大は言うと、美景の手を取った。

＊

年末休みに入る前に、カウンセリングを卒業することになった。薬を処方して貰うのに診察には来るけれど、四十五分、みっちりと自分と向き合う時間は、もういいだろうとカウンセラーは言った。

「どうだった？　カウンセリングを初めて、三年くらいかな？　感想を聞かせて貰えるかな」

カウンセラーはいつもの通り、にっこり笑って訊ねた。

「……そうですね」

美景は言葉を探した。

「ちょっと、楽しかったです」

楽しい？　とカウンセラーは訊き返した。

「はい。病院に来るようになった頃は、辛かったですけど。でも、自分の考えていることを整理できて、自分以外の人の話を聞けて、楽しかったです」

「あなたみたいに、自分の気持ちを言葉にできる人は多くないのよ」

カウンセラーは言った。

「何年も何年も通って、ようやく自分の言いたかったことを言えるようになる人もいるの。もっと早く言ってくれたらって思うこともある」

そうですか、と頷きつつ、美景は思う。それでも、自分の考えていることをすべて話せた訳ではない。その人も、言いたいことを言えなかったんじゃなくて、何を話すべきかが分かっていなかっただけかもしれない。

「先生に言われたことを、ノートにメモしてるんです」

今もリュックの中に入っている。忘れてしまう前に、駅や電車の中で書くためだ。

「それで、何か悩んだら、先生だったらなんていうだろうって考えるようにしていて」

私だったら？　とカウンセラーは言った。

「はい。もし、そのことをこのカウンセリング室で話したら、先生はなんて言うだろうって。そうしたら、自分が考えたこととは別の考えが出てくるような気がします」

「そう。……嬉しいわ」

カウンセラーは頷いた。

「一生ずっと、ここに通って貰って、私が話を聞くことはできないから。でも、ここでしていた話を自分の中でできるようになったら、もう大丈夫。……何かあったら、この部屋を思い出してね」

はい、と美景は頷いた。

次回のカウンセリングの予約をせずに、会計を済ませて病院を出る。——先生ならなんて言うか。呪文《じゅもん》のように唱えて歩く。

雄大が言うように、きっと自分は頑固なのだと分かってきた。聞いているようで、人の話を聞いていないらしい。

最近、洗濯機は毎日回すのが日課になった。二日に一度より、毎日やると決めたほうが考えなくていいし、一度に干す量も少なくて楽になった。それを、大発見だ、と雄大に話すと、

――だから、俺がずっと前から言ってきたじゃん！

と憤慨《ふんがい》していた。

そうだったっけ？　と訊ねると、

――俺が毎日同じ服を着てる理由も、考えなくていいからだって言ったでしょ。

と言われ、そうか、と初めて気づいた。

――毎日走って帰ってるのもそう！　毎日続けてたら、自然と動けるようになるんだって言ったじゃない。ルーティーンよ、ルーティーン！

ああ、と頷くと、雄大は、

――誰も俺の言うことを聞かない。

と、ぶつぶつ言っていた。

だったら、と美景は思う。自分は雄大がずっと言い続けていることを、解決できていない。

ホームで電車を待っていると、電話が鳴った。母からだった。この時間に珍しい。電車が来

たところだったが、一本遅らせて電話に出た。

「もしもし。なにかあった？」

　美景が訊ねると、母は言った。

「お祖母ちゃんが亡くなったって、連絡があったの」

　思わず、どっちの？　と訊き返す。母方の祖母か、それとも――。

「お父さんのお母さんの、お祖母ちゃん」

　混乱しているようで、母はそう告げた。

「今、お父さんがお義兄《にい》さんと電話してる。また、詳しく分かったら連絡するから」

「分かった。今から電車に乗るところだから、出られないかもしれないけど、ちゃんと折り返すから」

　そう言って、電話を切った。

　電車が出発し、誰もいないホームで一人、「ついに死んだのか」と呟いた。

　最近はもう、認知症が進んで家で面倒がみられないからと、老人ホームに入ったのだと話には聞いていた。何歳だったのか。九十歳は過ぎていたか。祖母について、なにも知らないし、興味もなかった。

　曲がりなりにも親族が亡くなったというのに、悲しくなかった。それくらい、他人だった。

　湧き上がってくるのは、あれほど「金を貸してくれないと死ぬ」と言っていた人が、わりと長生きしたな、ということくらいだった。

葬式には出ないと、子供の頃から決めていた。でも、それを父は許すだろうかと、そのことは心配だった。電車が来るのを、ぼんやりと待つ。考える時間はいくらでもあった。

家に帰ってソファに倒れこむと、今度は父から電話が掛かってきた。

「葬式には、孫は出なくていいってことになったから」

父はそう言った。もっと動揺しているかと思ったけれど、そうでもなくてよかった、と安堵した。

自分から拒否しなくても出なくていいと言われ、少し、肩透かしにあった気分だった。全く交流がなかった自分はともかく、大人になるまで一緒に暮らしていたはずのいとこたちも葬式に出ないと知ると、どれほど好き勝手に生きてきたんだろうと、そちらに興味が湧くほどだった。

葬式は伯父夫婦が住む九州でやると聞き、「じゃあ、インコはどうするの？」と美景は訊ねた。つい最近、母からセキセイインコの雛《ひな》を飼い始めたと聞いていた。連れて行くにはまだ小さ過ぎる。

「……それが問題な」

父が言う後ろで、「私は行かないから」と母の声が聞こえた。

「そういう訳にはいかないだろ！　自分の親だぞ！」

父が声を荒らげる。

「じゃあどうするの？　インコが死んじゃうかもしれないでしょ！」

母も負けずに声を上げた。連れて行けばいいだろう、と父が言うのが聞こえる。

「……いや、連れて行くのは危険だと思うよ」

美景が言うと、お前は気にするな、と言い、電話を切った。

切れた電話を持ったまま、美景は考えた。結婚前の自分なら、「葬式くらい出るのが常識でしょ」と母に怒ったはずだった。直接言わなくても、どうしてそうやって困らせるのだと、絶対に腹立たしく思った。

だけど今は、「もういいじゃないか」と声を掛けたかった。

あれほど迷惑を掛けられた祖母の葬式。一緒に暮らしながら借金に気づかなかった伯父と、こちらの責任だと嫌味を言った伯母。会いたくないと思って、当然じゃないか。実際、伯母は、結婚式に招待しても、理由もなく欠席した。

母が言うセキセイインコを置いていけない、というのは、一つの理由だろうが、そちらがメインじゃないだろう。

常識がないだろうか、と自問する。カウンセリング室で話したら、先生はなんて言うだろうか。

――所詮《しょせん》、キレイごとよね。

少し悪い顔をして、そう言う気がした。

どうせもともと、付き合いがない親戚なのだ。なにを思われたって、今更、困ることなんてない。

美景は父に電話をかけ直した。もしもし、と言う父の後ろで、母が何か言っているのが聞こえた。

「お母さんは行かなくていいんじゃない？　体調が悪いとか、インフルエンザになったとでも言えば」

美景の言葉に父は、そういう訳にはいかないだろう、と言った。

「世間体が悪いだろ。どこに自分の親の葬式に出ない嫁がいる？」

「どこにだっているって、探せば。危篤だって言うんだったら、会いに行けば？　って言うかもしれないけど、もう亡くなってるんだから、しょうがないじゃない」

「俺はどうすればいい？　兄貴たちになんて言う？」

「だから、体調が悪いとか、重病だとかって言えばいいよ。入院してるって嘘ついたっていい。どうせ、こっちのことはなにも知らないんだから。……だから世間体とかじゃなくて、お母さんの気持ちを考えてよ。今、お父さんが一緒に暮らしてる家族はお母さんなんだから。親戚でも、亡くなったお祖母ちゃんでもないんだよ」

父は、ああ、と言って電話を切った。母親を亡くした人に、きつく言い過ぎただろうかと少し反省する。が、間違ったことを言ったつもりはなかった。

と、母からメールがくる。

――ありがとう。美景は絶対に、お母さんを怒ると思ってた。

美景は少し考え、もう楽に生きてよ、と返信した。

＊

結局、母は葬式に出ず、家でインコの雛と留守番をした。

父は、なんだかんだと美景に電話をしてきたけれど、終わってしまえばもう、なにも気にしていない様子だった。すぐに気持ちを切り替えられるのは、父の長所だ。美景にはないから羨《うらや》ましい。父の口癖は「まあ、いいか」。そうなればどれだけ楽だろう。

それに、実母の葬式に出られたのは、運がよかったかもしれないと、今なら思う。

祖母の葬式から三ヵ月ほど経った今、県境を越える移動は敵視されるような事態になっている。

「ウイルスが怖いというよりも、人が怖いです。テレビをつけたら、ずっと誰かが誰かを批判していて」

美景が言うと、担当医は「そうですね」と頷いた。

「コロナウイルスに勝つためにはテレビを消そう、って、医者同士で言い合っています。戦う相手はウイルスではなく、マスコミだって」

先生が笑ったので、美景も久しぶりに笑った。だけど、先生と美景のイスの距離は、かつてのように近くない。部屋の端と端に離れ、間にビニールカーテンがあるため、少し話しづらかった。

机の上には〈感染防止のため、診察時間は五分とさせていただいております〉と書かれた紙が貼られてある。きっと今は、カウンセリングもやっていないのだろうな、と思う。四十五分、密室で二人きりの空間は、今は危険だとされているのだろう。

「それじゃあ、来月、元気に会えるようにお互い、感染予防、がんばりましょう」

そう締めくくった先生に、はい、と答え、部屋を出た。

薬局で処方箋《しょほうせん》を渡し、待っている間、テレビを眺めた。ワイドショーでタレントがコメンテーターとして発言をしているのが視界に入る。コロナで大学に行けない学生に対して、「もういい大人なんだから、自分で考えて行動しろ！」と喚《わめ》いている。そういうあんたこそどうだ、と思い、嫌だ、と思う。争いごとを見たくはない。

そして、大学生なんてまだ子供だ、と思う。かつての自分を思い出せば、――いや、先輩たちを想像しても、みんな、バカで、能天気で、自信家なガキだった。

三十六歳の自分だって、大して大人になれていない。仕事をしなければと思いつつ、パソコンの前に向かうと、漠然とした不安に襲われ、時間だけが経つことも増えた。

電車に乗ると、皆がマスクをしていて、自然と間隔を開けて座った。そもそも乗客がかなり少ない。こんなことはこっちに引っ越してきて、初めてだった。

緊急事態宣言が出てから一週間、雄大は時差出勤していたけれど、三日前から休みになった。設備環境を考えても、リモートでは仕事ができない中で、会社が決断したらしかった。

なにもしていないと身体も気持ちもおかしくなると、雄大は規則正しくいつもと同じ時間に起きた。美景も一緒に起き、朝ご飯を食べ、パソコンに向かった。

夫は、マスクをしてジョギングに出かけた。平日は会社から走って帰ってきていたから、同じ距離を走りたいと、十キロと決めて、きっちり走っていた。

が、その後は、何をしていいか分からないと、ソファに沈み込んでいる。

――永遠に、この時間が続いたらどうしようか。

雄大を喜ばせようと、メニューが被らないように献立を立ててみたが、大して効果はないように見えた。

何ができるのだろう、と考えるが、他になにも思い浮かばなかった。雄大が美景にしてくれたように、――パンツを買い込むとか、棚を設置するとか、夫の苦痛を取り除くためにできることが、分からない。

電車を降りると、スーパーに寄り、いちごのショートケーキを買った。夫が「俺のお腹には幸せが詰まってるんだよ」と丸いお腹を抱えたのはいつだっただろう。今は結婚する前より痩せている。頭を丸めているから、どことなく悟りを開いた坊主のようだ。

なんとかまた、お腹に幸せを詰め込みたい、と美景は思う。

＊

学生時代のみんなでリモート飲み会をしよう、と言い出したのは、坂本だった。

結婚式の二次会幹事を自ら申し出てくれただけあって、やっぱりフットワークが軽かった。

その日は雄大の誕生日だったけれど、「気を遣わせたらいけないから、言わないでよ」と雄大から口止めされた。

夕食を軽くとり、ホールケーキを半分食べ、美景のノートパソコンをローテーブルに置いて準備をする。

坂本や高橋、二次会に来てくれた先輩たちが六人集まり、久しぶりに画面越しに顔を見た。

雄大と美景を見た途端、坂本は「お前ら変わってないな！」と驚いた。

それぞれ、近況を話したけれど、やっぱりみんな、どこか疲れていた。

坂本が「高橋、奥さんと子供は？　もう寝てる？」と訊ねる。と、高橋は「いやー」と口籠った。

「……実は、去年、離婚しまして」

坂本は、マジか！　と身を乗り出した。そして、俺も離婚したんだよ、実は、と言った。

美景はチラリと雄大の横顔を盗み見た。アルコールではなく、コカ・コーラゼロを飲んでいる夫は、発言しなかった。

自分の浮気、すれ違い、価値観の不一致……。それぞれが語る別れの理由を聞きながら、そうか、離婚したのか、とショックを受けていた。自分たちより先に結婚していたから、十数年、一緒にいたはずだった。それだけ長い間、同じ時間を過ごしても、離婚することがあるのか。

「コロナが収束したらさ、映画撮ろうと思ってるのよ」

高橋は言った。

それに、坂本も「いいねー」と缶ビールを呷った。

「佐久間は？　そろそろ撮りたいと思ってるんじゃないの？」

坂本に話題を振られ、そうですねー、と言った。

「……家も買ってローンもあるし、嫁もいるから、俺は無理かな。諦めてます。撮りたいですけどね」

えー、もう仕事なんて辞めて帰ってこいよー、と高橋が言う。雄大は「そうできたらいいですけどねえ」と笑った。

十一時にリモート飲みを離脱して、さっとシャワーを浴び、寝る準備をする。

布団に入った途端、夫は周囲を見渡し始めた。

「どうしたの？」

美景が訊くと、「聞こえない？」と雄大は耳を澄ましながら言った。

「なにも聞こえないけど」

何か音がしてる、と言って寝室から出て行き、しばらくして戻ってくる。

「二階のトイレの換気扇が回りっぱなしだった」

そう言う雄大は、どこかすっきりした様子だった。

「ゆうちゃん」

美景が声をかけると、「どうした？」と雄大は言った。

「誕生日プレゼント、本当に欲しいものないの？」

訊ねると、ない、と彼は言い切った。

「今日ケーキ食べたから。それでいい」

分かった、と言い、美景はタオルケットにくるまった。

こんなに近くにいるのに、夫を遠くに感じる。——夫は、今、幸せだろうか。

学生の頃、雄大とよくケンカをした。生まれてから今まで、こんなにケンカをしたのは彼が初めてだった。

理由はいつも同じようなことで、美景の嫉妬が原因だった気がする。

仲間と一緒に映画を作っている彼は、キラキラしていた。美景と二人でいるよりも、汗だくで泥にまみれて制作しているときが、一番幸せそうだった。

美景もその一員だったはずで、あの頃があるからこそ今があるのに、雄大との関係は、随分変化しているように思う。きっともう、今は、二人で作品を作れない。なにかを作る上で起こる摩擦のために、美景は穏やかな日常を手放したいとは思えない。

だけど、夫は違うんじゃないか。
雄大は、あの頃に戻りたいんじゃないのか。
あの頃の仲間と一緒に、なにかを作りたいんじゃないか。

終章

かつての仲間たちが映画を作りたいと言うのを聞いても、気持ちが動かなかった。もう自分は〈卒業〉したのかもしれないと雄大は思う。

いつまでも熱狂していられないのだと、押井守の本を買わなかったときに悟った。もういいか、と思った。買ったって、きっと読まない。

ちょっと断捨離しようと思う、と美景が本棚の前で選別を始めたので、雄大もそれに便乗して、本を売りに行くと決めた。

書斎の本棚を眺め、集めていたけれど読まなかった本、一度観たけれど放置しているＤＶＤを紙袋に詰めた。

——これ、売っていいの？

美景が覗き込んで言うので、うん、もういい、と頷いた。

がらんとした棚を見ると、少し気分が晴れた。新しいものが入ってくるかもしれない。

古本屋に売りに行くと、二人分合わせて、五千円ちょっとだった。こんなものか、と呟く。

——はい、これお小遣い。

美景にそのまま渡すと、いいの？　と言った。

——欲しいものとか、ないの？

——うん、今はない。美景はないの？

——私もいいかな。……せっかく減らしたところだし。

そんな会話をしたことは覚えている。だけど。

——妻の本棚から、本が消えている。

美景に呼ばれて、一階へ降りる。彼女は抜いた草をビニール袋に入れ、玄関に立っていた。

「たくさん抜いたよ！　ゴミ袋に入れさせて！」

笑う彼女に、はい、とゴミ袋の口を開けて差し出す。

「今日、いい天気だね。掃除が終わったら、ドライブにでも行こうか」

そうだね、と雄大は頷く。

尻ポケットに隠している紙について、切り出すことはできなかった。

梅雨が明けて、久しぶりに雲一つない晴天だった。窓を開けて、いつものコースを走る。目的地はない。ただ、走るのが妻は好きだった。

窓の外を眺める彼女の横顔を、横目で見る。マスクをしているからよく分からないが、いつもと変わらないように見えた。やっぱりあれは、仕事のための資料なのだろうか。確か、最近また、短編の依頼がきたと言っていた。でも、だったら空っぽの本棚は、どういうことだろう。

「……ちょっと、どこかに寄ろうか」

雄大は言った。

「え？」

美景はこちらを見た。

「どこかって？」

「ちょっと、スーパーとか、ホームセンターとか。書店でもいいし」

そうだね、と彼女は言う。

「どこか寄ろうか。で、コーヒーでも買おう」

雄大は近くの小さなイオンに車を停めた。

「こういうの久しぶりだね」

車から降りて伸びをしながら、美景は言った。

緊急事態宣言が出ている間、かなり真面目に自粛した。スーパーには四日に一度、美景だけが行き、不用意にホームセンターに行くこともなかった。時々、「マックが食べたい」と言う彼女とドライブスルーでスパチキセットを買い、「有り難い」と言いながら、家で食べた。

――コロナに罹《かか》るより、誰かにうつしてしまうのが怖い。絶対に罪悪感に苦しむから。

彼女らしい自粛の理由だった。

「有り難いよな、こうやって店を開けてくれるって」

「店に入ったからには、経済を回して帰りましょう」

美景が真顔で言うので、はい、と雄大も頷く。

駐車場から一番近い入り口に、園芸店があった。美景が、ちょっと見たい、と言い、遠巻きに苗を眺めた。

「興味あるの？」

雄大が訊ねると、うん、と彼女は頷いた。

「ずっと家にいると、なにか育てたくなるよね。変化を見たくなる。だけど、私が育てられるかどうか」

苦悩の表情を浮かべる妻に、

「あなたは不精だからね」

と雄大は言った。

「……だよね。やめておこうかな」

美景が頷くのを見て、しまった、と思う。

「いや、買ったらいいよ。続くかもしれないし」

「ううん。でも、今買っても」

そう言って、美景は黙った。

今買っても？　と問いただしたい気持ちを抑える。

怖いな、と雄大は思う。もしかしたら彼女を失うかもしれないと思ったら怖い。だけど、それを抱えたまま、側にいるのもつらい。

「……誤解されるかもしれないけど」

雄大が切り出すと、美景はこちらを向いた。

「変な話、もし、美景が仕事で東京に行きたいとか、他に好きな人ができたとか言っても、許せると思う」

なんの話？　と美景は怪訝な顔をした。

雄大は尻ポケットに入れていた紙を手渡した。

「……ごめん。ゴミを集めてて、これ発見した」

「あ」

美景はそれを見たまま、固まった。

「家を、出て行きたいんじゃないの？」

違う、と彼女は首を横に振った。

「本棚、スカスカになってた。あれは？　出て行く準備をしてたんじゃないの？」

「そうじゃない」

美景は、はっきり言った。

「ゆうちゃんが、選べるように、環境を整えたいと思ったの」

「俺が選べる？」

なんのことか分からず、眉間に皺が寄る。

「仕事、行きたくないって、ずっと言っているのに、辞めたらいいって言えなかったから。ローンがなくなったら、もっと選びやすくなるんじゃないかって」

「選ぶってなにを？」

好きな仕事を、と美景は言った。

「好きなことを仕事にしたら、毎日、辛くなるかもしれない。昔みたいに」

え？　と雄大は思わず声に出す。

「結婚してるからとか、家を買ったからとか、そういうことが足枷《あしかせ》になって好きなことを仕事にできてないんじゃないかと思って。だから、家を売ったらどれくらいローンが残るのか、調べてたの」

美景は真剣に言っていた。妻が夫のためを思っていることも分かっている。——それでも、湧いてきたのは怒りだった。

「……決めるな」

妻が、え？　と訊ねる。

「なんでお前が俺の気持ちを勝手に決めるんだよ！」

大きな声が出る。怒るな、叫ぶな。そう思いつつ、とめられない。

「私に遠慮して、我慢してきたんじゃないかって」

「我慢することくらい、いくらでもあるだろう！　すべて自分の思い通りになる訳がないんだから！」

でも、と美景は顔を歪めた。

「でもって言うな！」

雄大は大きく溜息を吐いた。

「好きなことを仕事にしろって、どれだけ残酷な言葉か分からないのか！」

瞼《まぶた》が熱くなる。言いたくない。でも言わないと、彼女には伝わらない。

「好きなことをして稼げる人がどれだけいる？　なにもかも投げうって、リスク抱えてまでやりたいことがあるやつなんて、いくらもいないの！　みんながみんな、イチローになれる訳じゃないの！　宮崎駿になれる訳じゃないの！　庵野《あんの》になれる訳じゃないの！　だけど、あの人たちだって、一人で作れる訳じゃないから！」

彼女はなにも言わずに雄大をまっすぐ見た。

「そりゃあ楽しかったよ！　学生の頃！　全力で映画作って、なんの後悔もない時間だった！　でももう卒業したんだって！　俺はもうこれ以上、追求しなくていい！　浅くていい！　にわかでいい！」

息が浅くなる。酸素が足りないのか、頭痛がする。

「ここにいる人を見てて思わない？　みんながみんな、好きな仕事をして、それが生きがいで、充実してると思う？」

美景は、知らないよ！　と叫んだ。

「知らないよ、他の人のことなんて！　ただ、あなたの苦痛を取り除きたかったの！」

「いいんだって、あなたは、あなたが好きなようにすれば！」

雄大がそう言うと、おかしいじゃない！　と美景は抵抗する。

「おかしいじゃない！　私だけが好きなことして、あなたが嫌な仕事をしてるなんて！　私はなんのためにいるの？　幸せでいて欲しいんだって！」

「俺がいいって言ってるんだからいいでしょ！　いいんだって！　あなたは、いてくれるだけで！　それでいいの！　だから仕事行きたくないって愚痴くらい言わせてよ！」

雄大は、ちょっとトイレ行ってくる、と言って、店の中に入った。

どうしてこんなに通じないんだ、と、もどかしい。いてくれるだけでいいんだ、と心の中で繰り返す。どうして、それが分からない。

外に出れば、いくらだって腹が立つことはある。が、一番恐ろしいのは自分自身だった。怒りがいつ爆発して、なにをするか分からない。でも、人を傷つけたくなんてない。だからこそ、美景が必要だった。

——彼女を悲しませたらいけない。彼女を失いたくない。

そのためになら、怒りを我慢できる。

他人から見たら、つまらなそうに見えるかもしれない。こんな人生を送りたくないと思うかもしれない。だけど、いい。俺は、それがいい、と言ってるんだ。

だから、あなたも思ってよ、と雄大は泣きたくなる。

——俺に、いてくれたらいいって思ってよ。楽しそうじゃなくても、不機嫌なときがあっても、充実してないように見えても、それでもいてくれたらいいって思ってよ。

＊

夫に怒られるのは久しぶりだった。でも、どこかほっとしていた。彼の剝きだしの感情を全身で感じて、ずっと胸の中で燻っていたものが晴れていくのを感じる。

　リモート飲み会をした夜、途中で目が覚め、もう朝かと枕元《まくらもと》のスマホで確認した。が、まだ深夜の一時だった。眠って、二時間くらいしか経っていない。そこで、この明るさはお隣が廊下の照明を消し忘れたのだろうと、美景は気づいた。

　この家を買ってから二年ほど経つけれど、時々、こういうことがあった。気づいたのは、もちろん、雄大だった。

　寝室の照明を消し、しばらくして、雄大は「眩《まぶ》しくて眠れない」と苛立った。暗闇で何を言っているのだろうと驚いていると、

　――お隣、電気つけっぱなし。

と続けた。

　ぼんやりと明るいと思っていたのは、そのせいか、と美景は思った。寝室はカーテンではなく障子《しょうじ》だから、外の明るさに左右されてしまう。

　美景は気にならなかったが、雄大には苦痛だと分かった。シャッターを閉めてしまう？　と

訊ねたが、そうしたら真っ暗になり過ぎて、朝になったって分からない、と苦し気に言い、悩んだ。結局、そのときは布団を頭から被り、窓に背中を向けて眠った。

トイレの換気扇の音や、エアコンの電源ボタンの照明、洋服のタグが肌に当たる感覚、スニーカーの下敷き——。

一つのことが気になると、雄大はそれを解決しないままでは進めない。苛立って、ＨＰが下がっていく。美景にはない感覚だから、想像しかできない。ただ、辛そうだということだけは分かる。

——もう、家を売ってしまおうか。

結婚して十回目の夫の誕生日が終わったこの瞬間に、美景は思いついた。

この家が、嫌いな訳ではない。寧ろ、好きだ。ずっとこの守られた空間の中に、ひきこもっていたい。が、そのせいで夫が外に戦いに行かなければいけないのは、違う気もする。

美景は変化が苦手だった。慣れるのに時間がかかり、精神的にも体力的にも削られていく。とはいえ、今、我が家に必要なのは、衝撃なのかもしれない、と思う。

今まで同じやり方でやってうまくいかなかったのなら、違うことをしない限りなにも変わらないのかもしれない。

思い立つと、はっきりと目が覚め、眠れそうになかった。

夫を起こさないように、そっと布団を抜け出る。手探りで寝室の扉を開け、廊下へ出た。スマホで足元を照らしながら忍び足で階段を上り、書斎にしている一室へ移動する。

天井の照明をつけると、フラッシュを焚かれたように目の前が明るくなり、咄嗟に目を細めた。思えば、深夜に書斎を使うのは久しぶりだった。夕方にはパソコンの電源を落とし、キッチンに移動して夕飯の支度《したく》を始める。夫の帰宅時間に合わせて作った食事を一緒に食べ、リビングで過ごした後、寝室に移動するため、夜に書斎を使うことは、ほとんどない。

夜に使うなら、もう少し明るさを抑えた照明に替えてもいいかもしれない。もしくは、デスクライトを買うとか。

そう考えて美景は、はっ、とした。

自分が今、なにをするためにこの部屋に来たのか、一瞬にして忘れていた。なんで私はこんなにバカなのだろう。

パソコンの電源をつけ、ワークチェアに座る。デスクは〈日曜大工〉が趣味である父の手作りだが、イスは夫が買ってくれたものだ。この家に引っ越してきてすぐだったはずだから、二年ほど使っただろうか。

――イスはいい物を使ったほうがいいよ。ずっと座っていたら、腰を痛めるから。だから俺のイスを使ってたんでしょ？

雄大はそう、意地悪そうな笑顔を浮かべて言った。

結婚して七年ほど住んだアパートでは、背中合わせでお互いのデスクを置いていた。夫のワークチェアの座り心地がよくて、彼が会社へ行っているときは拝借していたけれど、しばらくの間、それに気づかれていたとは知らなかった。

なんで分かったの？　と訊ねた美景に雄大は、イスの高さが変わっていたから、と当たり前のように答えた。あのとき夫が、多少、イラついていたのを覚えている。自分のものを勝手に使われたことへの、苛立ち。自分が使っているものが変わっていたことへの違和感。

——バレたくないなら高さも元に戻しておかないと。あなたに完全犯罪は無理だね。証拠が至るところに残ってるから。

その会話の後から、美景はイスを借りた後は高さを戻すようにしていた。だから、もう気づかれていないと思っていた。が、雄大はきっと、ほんの少しの高さの変化に気づいていて、だから、ワークチェアを買うことを勧めたのだろう。

でも、今、企てていることは、まだ、雄大に知られる訳にはいかなかった。

小さく唸るパソコンをネットに繋ぎ、〈家の売り方〉と検索する。

見慣れない文字が並ぶ画面をスクロールし、なるべく優しく書いてくれている文章を探そうと目を凝《こ》らす。だけど、内容がなかなか入ってこず、明るい画面の上を目が滑る。

今、住んでいるこの家は、雄大がローンを組んで買った。

いつまでも家賃を払っているのはもったいないよね、と雄大が言い、美景もまた、そうだね、と返事をしていた。が、具体的な話は、ほとんどしていなかった。そんな中、突然、家を買った。

雄大が「買う」と決めたとき、美景は考えることを放棄した。それは〈正しい〉のか〈大丈夫〉なのかと考え始めると、なにも手につかなくなり、また、元に戻ってしまうだろうと分かっていたから。

――そんな自分が、家の売り方を調べている。

頭金もそれなりに払ったし、ローンは払い始めたばかり。売ったらどれくらいマイナスになるのか、美景には想像もついていない。

――もうずっと、お金が怖かった。それはきっと、子供の頃から。

原因はいろいろあるけれど、今、こんなにも恐ろしいのは、自分には生きていけるほどのお金を稼ぐ能力がないと、自信を失っているからだろう。結婚するまで実家で暮らし、結婚してからは雄大に養って貰ってきた。自立できたことは、一度もない。

働かざる者、食うべからず。

この言葉を知ったのは、いつなのだろう。そもそも誰の言葉なのか、それも知らない。だけど、そういうものなのだと思ってきた。稼げないやつは、居てはいけないと、無意識で信じていた。


――いいんだって！　あなたは、いてくれるだけで！


そんな許され方があるのか、と茫然《ぼうぜん》とする。いいのか、いるだけで。

「あなた、大丈夫？　旦那さんとケンカしたの？」

園芸店の店員が、心配そうにこちらを見ている。親より少し下の世代だろうか。花柄の布マスクをつけているが、人がよさそうだと分かる。

「大丈夫です。私が怒らせました」

答えると、なにをしたの、一体、と今度は好奇心が見え隠れした。

「夫の器を小さく見積もってしまいました。実は、すごく大きかったです」

そう答えると彼女は、あらそう、とニヤついた。

お騒がせしてすいませんでした、と頭を下げる。

他の客の視線も気になり、美景は店内に入り、トイレの前のベンチに座った。雄大が近づいてきて、

「この間、本を売ったお金、どうした？」

と訊ねた。

「……あるよ。返す？」

やっぱりまだ怒っているのだろうかと小声になると、三階に書店があるから行くよ、と彼は言った。

「書店で欲しい本を買いなさい。自粛中、ずっと書店に行きたいって言ってたでしょ」

雄大は、はい、と美景の手を取る。

「空っぽになった本棚を欲しい本で埋めなさい。簡単に引っ越しできないように」

「……五千円じゃ足りないけど」

美景が窺うと、

「……じゃあ、ちょっとずつ埋めていきなさい」

と応えた。

分かった、と美景は立ち上がる。

「……そう言えば、夜に仕事をするために、デスクライトを買いたいと思っていたんだけど」

そう切り出すと、雄大は「要検討」と呟いた。

装画　田雜芳一
装幀　名久井直子

本書は書き下ろしです。
※この物語はフィクションです。登場する人物、団体、場所等は実在するいかなる個人、団体、場所等とも一切関係ありません。

宮西真冬（みやにし　まふゆ）
１９８４年山口県生まれ。２０１７年に第52回メフィスト賞受賞作『誰かが見ている』でデビュー。２０１８年『首の鎖』、２０１９年『友達未遂』で家族への複雑な思いと抑圧された人々のサスペンスを描く。今作は著者の新境地となる。

毎日《まいにち》世界《せかい》が生《い》きづらい
２０２１年10月26日　第一刷発行

著　者　宮西《みやにし》真《ま》冬《ふゆ》
発行者　鈴木章一
発行所　株式会社講談社
〒一一二‐八〇〇一
東京都文京区音羽二‐一二‐二一
電話　出版　〇三‐五三九五‐三五〇六
　　　販売　〇三‐五三九五‐五八一七
　　　業務　〇三‐五三九五‐三六一五

本文データ制作　講談社デジタル製作
印刷所　豊国印刷株式会社
製本所　株式会社若林製本工場

KODANSHA

ISBN978-4-06-525890-3
N.D.C.913　311p　19cm